Tucholsky Wagner Zola Scott Sydow Freud Schlegel
Turgenev Wallace Fonatne

Twain Walther von der Vogelweide Fouqué Friedrich II. von Preußen
Weber Freiligrath Frey

Fechner Fichte Weiße Rose von Fallersleben Kant Ernst Frommel
Richthofen

Hölderlin

Fehrs Engels Fielding Eichendorff Tacitus Dumas
Faber Flaubert

Eliasberg Ebner Eschenbach

Feuerbach Maximilian I. von Habsburg Fock Eliot Zweig
Ewald Vergil

Goethe Elisabeth von Österreich London

Mendelssohn Balzac Shakespeare Dostojewski Ganghofer
Lichtenberg Rathenau Doyle

Trackl Stevenson Hambruch Gjellerup
Tolstoi Lenz

Mommsen Thoma Hanrieder Droste-Hülshoff

Dach Verne von Arnim Hägele Hauff Humboldt
Reuter

Karrillon Rousseau Hagen Hauptmann Gautier
Garschin

Damaschke Defoe Hebbel Baudelaire
Descartes

Hegel Kussmaul Herder

Wolfram von Eschenbach Schopenhauer

Bronner Darwin Dickens Rilke George
Melville Grimm Jerome

Campe Horváth Aristoteles Bebel Proust

Bismarck Vigny Voltaire Federer Herodot
Barlach

Gengenbach Heine

Storm Casanova Tersteegen Gilm Grillparzer Georgy
Chamberlain Lessing Langbein

Brentano Gryphius
Claudius Schiller Lafontaine

Strachwitz Bellamy Schilling Kralik Iffland Sokrates

Katharina II. von Rußland Gerstäcker Raabe Gibbon Tschechow

Löns Hesse Hoffmann Gogol Wilde Vulpius
Gleim

Luther Heym Hofmannsthal Klee Hölty Morgenstern
Roth Goedicke

Luxemburg Heyse Klopstock Kleist
Puschkin Homer Mörike

La Roche Horaz Musil

Machiavelli Kierkegaard Kraft Kraus
Navarra Aurel Musset

Lamprecht Kind Moltke
Nestroy Marie de France Kirchhoff Hugo

Laotse Ipsen Liebknecht
Nietzsche Nansen

Marx Ringelnatz
von Ossietzky Lassalle Gorki Klett Leibniz

May vom Stein Lawrence

Petalozzi Irving
Platon Knigge

Sachs Poe Pückler Michelangelo Kock Kafka
Liebermann Korolenko

de Sade Praetorius Mistral Zetkin

Der Verlag tredition aus Hamburg veröffentlicht in der Reihe **TREDITION CLASSICS**
Werke aus mehr als zwei Jahrtausenden. Diese waren zu einem Großteil vergriffen
oder nur noch antiquarisch erhältlich.

Symbolfigur für **TREDITION CLASSICS** ist Johannes Gutenberg (1400 — 1468),
der Erfinder des Buchdrucks mit Metalllettern und der Druckerpresse.

Mit der Buchreihe **TREDITION CLASSICS** verfolgt tredition das Ziel, tausende
Klassiker der Weltliteratur verschiedener Sprachen wieder als gedruckte Bücher
aufzulegen – und das weltweit!

Die Buchreihe dient zur Bewahrung der Literatur und Förderung der Kultur.
Sie trägt so dazu bei, dass viele tausend Werke nicht in Vergessenheit geraten.

Der Vater und die Söhne

Felix Dahn

Impressum

Autor: Felix Dahn
Umschlagkonzept: toepferschumann, Berlin

Verlag: tredition GmbH, Hamburg
ISBN: 978-3-8472-3623-8
Printed in Germany

Text der Originalausgabe

Felix Dahn

Der Vater und die Söhne

Historischer Roman aus der Völkerwanderung

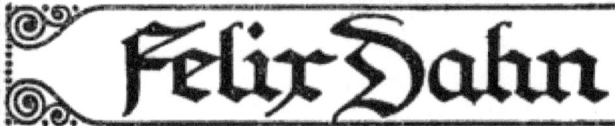

Felix Dahn

Gesammelte Werke

Erzählende und poetische Schriften

Neue wohlfeile Gesamtausgabe

Zweite Serie: Band 5

Verlegt bei Breitkopf & Härtel in Leipzig
und bei der
Verlagsanstalt für Litteratur u. Kunst
(Hermann Klemm) in Berlin-Grunewald

I.

In dem Schreibgemach des bischöflichen Palastes zu Sevilla trat in einer Frühlingsnacht des Jahres 579 nach Christus eine Anzahl von hohen Geistlichen des Westgotenreiches zu geheimer Beratung zusammen. Es lag in dem Erdgeschoß des wuchtigen, düsteren Baues streng byzantinischen Stils: dumpf lastete das niedrige Gewölbe des schmalen Raumes, den ein paar geweihte rote Wachskerzen, auf hohen Silberleuchtern aufgesteckt, – sie verbreiteten im Brennen süßlichen weihrauchähnlichen Geruch – nur schwach erhellten. Das einzige Rundbogenfenster blickte nicht auf die Straße, sondern in den kreisrunden hoch ummauerten Hof des weitläufigen Gebäudes.

Die Beratung mußte wohl gar geheime Dinge betreffen: denn der dicke Laden aus Edelkastanienholz war sorgfältig geschlossen und von dichten Wollteppichen verhängt, die auch die beiden schmalen Pforten verkleideten, so daß die draußen auf den Schwellen wachenden Ostiarii, die unwillkommenen Besuch abwehren oder doch rechtzeitig melden sollten, nichts von den drinnen gewechselten Reden vernehmen konnten. Auch der kostbare Mosaikestrich – er stellte in bunten Farben die Arche Noah mit ihrem Getier dar – war so hoch mit Decken belegt, daß die ohnehin so leisetretenden Sandalen der Priester geräuschlos hin und her glitten. In der breitesten Wand, dem Fenster gegenüber, war in den edeln dunkelgrünen Malachit (aus Teruel in Aragonien) ein Musivbild der heiligen Eulalia, der Schutzpatronin dieser Landschaften, eingelassen: der Goldgrund konnte die ungefüge Zeichnung nicht schöner machen; ein schwarzer Betschemel zu ihren Füßen trug auf der obersten Stufe eine ewig brennende Öllampe aus irisirendem Glas. An den übrigen Seiten standen viereckige tiefe Truhen, Sarkophagen ähnlich: sie bargen, fest verschlossen, die Bücher – zumal die Urkundenschätze – der Bistumskathedrale.

In der Mitte des Raumes um einen mächtigen Rundtisch aus Citrusholz auf je vier gekreuzten Füßen stand eine Anzahl von deckenbehängten Stühlen mit gar niedriger Rückenlehne, aber zwei langen Armlehnen; sie schienen sich zu scharen um den hohen thronähnlichen Purpursitz, von dem der Metropolitan überherrschend auf alle niedersah. Gestalt und Antlitz dieses Priesters prägten sich, einmal erschaut, unauslöschlich ein: der hohe Wuchs, das hagre knochige Gesicht, die eingefallenen wachsfahlen Wangen, die scharf geschnittenen, sorgfältig geschonten, mitleidlosen Lippen, die Adlernase, die schwarzen unstät blitzenden Augen unter den stolz geschwungenen Brauen, die hohe, von Gedanken, auch wohl von Leidenschaften gefurchte Stirn. Denn der Friede des Herrn schien nicht eingekehrt in diesen seinen noch ganz schwarzhaarigen Diener: dämonisch war die Erscheinung, sowohl wann sie in eisiger Ruhe der längst angeschulten Selbstbeherrschung undurchdringlich lauerte, wie wann sie plötzlich zum Angriff hervorschnellte wie eine getretene Natter. Jetzt hatte er in jener Ruhestellung die Rechte gerade vor sich hin auf den Tisch gestreckt: die feine kleine Hand ruhte wie behütend auf einigen Pergamenturkunden und Papyrusbriefen. Nicht nur die Tracht des Metropolitans, der weitfaltige dunkel purpurne, Chlamys-ähnliche Mantel, kennzeichnete ihn als allen hier Versammelten übergeordnet.

Seltsam war die Ähnlichkeit, mit der seine beiden Nachbarn ihm glichen: Brüder waren die drei offenbar: aber bei dem zur Rechten, Bischof Fulgentius von Astigi, schreckten die unheimlichen Züge noch drohender, während die geistige Überlegenheit des Älteren nicht auf dieser niederen Stirne thronte; der dritte Bruder, erheblich jünger, trug die gemeinsamen Familienzüge gemildert, ja verklärt durch den Ausdruck wohlwollender Güte und friedliebender Weisheit, er war nicht Bischof wie die beiden Älteren: seine Tracht war die des Archipresbyters. Die gleiche Gewandung trug der den drei Brüdern gegenübersitzende Priester, dessen Sutane und darüber geworfene Mantelkapuze – der Cucullus, – nicht den spanischen Zuschnitt zeigte.

An ihn, der, im Banne dieser stechenden Augen, gar merksam unverwandten Blickes an dem Munde des Metropolitans hing, richtete der nun das Wort: »Es ist unerläßlich, mein in Christo geliebter Sohn Sabinianus, daß Ihr außer dem Briefe, den ich Euch für meinen hohen Freund und Gönner in Rom mitgebe, auch mündlich einiges vernehmet und überbringet, was der Schrift nicht sicher anzuvertrauen ist. Zwar haben der gelehrte Gregor und ich längst eine Geheimschrift vereinbart ...«–»Ich kenne diese Formata, ehrwürdiger Vater,« nickte der Fremde. –»Gewiß: hat der Treffliche

mir doch seinen vertrautesten Freund als Zwischenträger gesandt.«
–»Und ich werde deinen Brief eifriger verteidigen als mein Leben, o
Leander.«

Da zuckte ein grimmig Lächeln um dessen Lippen:»Ah, aber der
Herr König liebt die Gewalt und seine Sajonen – sie gehorchen ihm
wie Jagdhunde – sind stark.« –»Dann könnte er doch nicht lesen ...«
–»Er nicht. Aber sein kluger, nur allzukluger Sohn, mein feiner
Neffe, der mir täglich mehr aus Hand und Zucht wächst.« –»Ja,«
warf Fulgentius giftig ein.»Jung Rekared versteht sich auf Schrift-
werk wie Fechtwerk.« –»Deshalb das Geheimste nur von Mund zu
Ohr.« Ehrerbietig verneigte sich der Fremde.

»Und es drängt die Zeit: denn nicht lange mehr, mein' ich, wird
Papst Pelagius, der müde Greis, die Tiara tragen. Allzuschlaff hat
der Alte die Zügel der heiligen Kirche um die Könige dieser Welt
angezogen. Das wird ganz anders, sobald mein Gönner, der gewaltige Gregor, den weltbeherrschenden Thron Sankt Peters besteigt.«
–»Er sträubt sich gegen den Plan,« meinte Sabinianus. –»Ei freilich,« schmunzelte Leander,»löbliche priesterliche Bescheidenheit:
muß ja so sein. Aber er unterwirft sich schließlich dem Willen des
Herrn, verlaß dich drauf. Und ist er Papst, dann wehe diesem Ket-
zer- und Barbaren-Königreich.« –»Zur Hölle König und Volk!«
drohte Fulgentius. –»Aber meine Brüder!« mahnte der Jüngste,
mißbilligend das Haupt schüttelnd.»Wir haben Treue geschworen.« –»Erzwungener Eid!« grollte Fulgentius. –»Der künftige Arzt,
der große Gregor, muß, bevor er mit Feuer und Messer die Wunden
heilt, die Krankheit dieses Staates kennen. Höre darum meinen
Bericht. Wenn er zu ungerecht ausfällt, – ei, hier sitzt mein Bruder
Isidor, der Fürsprech aller Verunrechteten,« höhnte er. –»Ich war
jahrelang fern von Hispanien, in Byzanz, in Rom, wo ich damals
Gregor zum Freund gewann. Als ich wiederkam, fand ich einen
neuen König und ein neues Reich. Der neue König war mein eigener Schwager, Leovigild, dem in erster Ehe unsere Schwester, Theodosia, von unserem Vater Severianus vermählt worden war.« –
»Die Tochter eines altedeln Römergeschlechts – des großen Imperators Theodosius! – einem Barbaren, einem Ketzer!« grollte Fulgentius. –»Sie führten eine vollendet glückliche Ehe,« mahnte Isidor. –
»Aber die beiden Söhne der Katholikin, Hermenigild und Rekared,
wurden im Ketzertum erzogen. Und bald nach unsrer Schwester

Tod freite er die hitzige Arianerin Godiswintha, König Athanagilds Witwe. – »Seither verfolgt er die heilige Kirche.«

»Vergib, Bruder Fulgentius,« unterbrach Isidor, »das ist nicht so. König Leovigild läßt sich nicht durch ein Weib leiten. Was er – nicht gegen unsere Kirche –, gegen unbotmäßige Bischöfe, tut, tun muß ... –« – »Schweig, Archipresbyter! Das geht zu weit. Verlaß uns! Wir sind, scheint es, deiner nicht sicher.« Isidor wollte widersprechen: aber der Metropolitan hob mahnend den Zeigefinger der rechten Hand: demütig sich neigend glitt der Bruder aus dem Gemach.

II.

»'s ist besser so,« sprach Fulgentius. »Er würde unsre Pläne nicht verraten, aber durch hartnäckigen Einspruch hemmen. – Also höre weiter. – In Byzanz, in Rom konnte ich damals dem Imperator und dem Papst die Auflösung, den Untergang dieses Mischreichs bestimmt in nahe Aussicht stellen: Feinde bedrohten es ringsum. Das tiefste Verderben dieses Staates ist, daß alle seine Feinde Söhne der heiligen Kirche sind, welche die Pforten der Hölle nicht überwältigen werden, die vielmehr alle ihre Widersacher unter ihre Füße treten wird wie der Engel des Herrn die schuppigen Drachen: katholisch sind die Sueven in den Bergen des Nordens, katholisch die Franken im Westen... –«

»Gar eifrige Christen sind die Merowinger! Gregor lobt sie stets!« nickte der Gesandte.

»Katholisch das oströmische Reich im Osten, dem vor Gott und Menschen dieses Hispanien, die alte römische Provinz, gehört. Schon vor zwei Menschenaltern hatte der Imperator Justinianus, nachdem er die Reiche der Vandalen und der Ostgoten zerstört, die Hand auch nach diesem dritten ketzerischen Barbarenreich ausgestreckt: – und mit Erfolg! Eine ganze Reihe von Seefestungen, von Küstenstädten trägt seitdem die Besatzungen, die Fahnen des Imperators. Greifen diese drei katholischen Mächte verbündet an ... –« – »So muß das Goten-Reich erliegen,« frohlockte Fulgentius. – »Denn es ist unterwühlt von seinem gefährlichsten Feind, von seinen eignen katholischen Untertanen, von dem römischen Adel und –« – »Von uns, den Bischöfen und Priestern des Herrn: alle paar Jahre lodert ein Aufstand gegen die Goten empor.«

»Und gerade vor dieses eisernen Leovigild Wahl war das Unheil des Reiches in vollster Blüte: sein greiser Bruder, König Leova, war gestorben, der gotische Adel lag in selbstzerfleischendem Wahlkrieg, Sueven, Franken brachen über die Grenzen, die Byzantiner in Cordoba zogen ins offene Feld, die Basken in ihren Bergen, die Römer in Tarraconien standen in den Waffen: der Gotenstaat schien verloren. Da eilte ich zurück, um zu verhüten, daß es einen Helden wie dieser Leovigild – Gott sei's geklagt! – nun einmal ist, zum Herrscher, zum einzig möglichen Retter erhalte: – denn ich – wie

11

wir alle – will Byzanz, das rechtgläubige, herrschen sehen auf der ganzen Halbinsel von Meer zu Meer. Ich eilte also selbst zu unserem Schwager, dem die Mehrzahl der Wähler die Krone antrug. Ich beschwor ihn, abzulehnen, sich nicht dem sichern Untergang im Kampf mit jenen übermächtigen Feinden zu weihen: – ich zählte ihm all' diese Gegner, diese Gefahren eindringlich auf: – weißt du, was der Kühne mir zur Antwort gab? Er sprang auf von dem Feldbett, auf dem er sinnend, schweigend gesessen: »Dank,« rief er, »Schwager! Ich schwankte: du hast mich entschieden. Ja, das Reich ist bedroht, ganz wie du schilderst. Ich nehme seine Krone: ich rette das Gotenvolk oder falle.« Und stürmte zum Zelt hinaus und begann – zur Stunde – sein Werk.« – »Das – das ist groß!« staunte der Römer. – »Und wie hat er's gefördert und vollendet!« fuhr Leander fort. »Der Haß selbst muß das bewundern. Ein zerfallendes Reich, ein rings bedrohtes, hatte ich verlassen – und so Kaiser und Papst geschildert – ein stolz aufgerichtetes, sieghaft gerettetes fand ich wieder. Gleich nach seiner Thronbesteigung,« erzählte der Bischof weiter, »schlug er in vier Schlachten hintereinander die Byzantiner aus dem Feld, entriß ihnen nach zähem Widerstand die schöne Cordoba, die stets wie ein feurig edel Roß in den gotischen Zügel knirscht, unterwarf den Aufstand der Basken und der Cantabrer, dort die Bauern, hier die Städter, scheuchte die Sueven, die zu Hilfe heranzogen, in ihre Berge zurück und trat überall mit eherner Ferse die letzten Funken der Empörung des römischen Adels und der römischen Bischöfe aus.«

»Und, all' das hat *ein* Mann, hat *eine* Menschenkraft vollendet?« forschte Sabinianus. – »Nein,« grollte Fulgentius, »das eben ist's: der Satan, ich zweifle nicht, hilft dem Ketzerkönig, der sich ihm verschworen.«

»Nach diesen Siegen und Erfolgen,« fuhr Leander fort, »schwang er wie bisher das Königsschwert fortab gewaltig den Königstab, schuf das starke Toledo zu seiner Burg und Residenz, bestrafte die bestechlichen Richter, schrieb schwere neue Steuern aus und füllte habgierig – mehr noch: herrschgierig! – seinen Schatz mit den eingezogenen Gütern und Geldern der vielen Geschlechter des römischen Adels, die mit Byzanz sich verschworen hatten, und ach! vieler, sehr vieler Bistümer und Klöster, die, unvorsichtig, ihre Neigung zu den katholischen Fahnen zu deutlich verraten.«

»So nahm er mir die Hälfte meines Kirchenguts,« zürnte Fulgentius, »nur, weil ich für den Sieg der kaiserlichen Waffen hatte beten lassen.« – »Erführ' er all' das andre,« meinte der Metropolitan, »schützte nicht die Insula dein Haupt.« – »So soll ich in Rom berichten,« fragte der Archipresbyter, »bei deiner Heimkehr habest du alles verändert gefunden, und gegenüber diesem gewaltigen Barbarenhelden gebt ihr, jede Hoffnung auf Befreiung, jeden Widerstand auf?«

Heftig sprang der Metropolitan von seinem Thron empor: »Nein! Nie! Niemals. Solang ich atme, hass' ich ihn und dieses Reich der Ketzer. Nie verzichte ich auf die Hoffnung, den orthodoxen Imperator herrschen zu sehen von den Pyrenäen bis an den Ozean. Das sage dem weisen Gregor! Und *er* muß dazu helfen, jetzt schon und bald vom Stuhl Sankt Peters herab. Schon hab' ich einen neuen Plan ersonnen. Oder vielmehr einen Plan des Tyrannen heimlich wider ihn selbst gewandt. Er soll sich wundern! Er will die Merowinger für sich ... – doch Geduld! Das ist noch nicht reif. Du, Freund Sabinianus, überbringst selbst dies geheime Schreiben an die Frankenkönigin Brunichildis. Dein Rückweg führt dich ja über Gallien. Ein andrer Bote trägt in hohlem Stab einen Brief an den Suevenkönig Miro, der Rache sinnt für viele Schläge, die ihm der Tyrann geschlagen. Freund Gregor aber laß ich bitten, täglich – gleich uns – sein Nachtgebet zu schließen mit den Worten: »Verdirb, Herr Christus, König Leovigild und dieses Ketzerreich der Goten. Amen!«

III.

An dem Tage, der diesem nächtlichen Gespräch in Sevilla folgte, wandelten in dem Palastgarten zu Toledo unter reich blühenden und stark duftenden Mandelbäumen auf den – nach römischer Gartenkunst – streng geradlinigen, mit rotem, gelbem, weißem Sande bestreuten Wegen zwischen den gleichmäßig geschorenen Taxusbüschen hin ein hoher Greis und zwei Jünglinge, offenbar seine Söhne: die Ähnlichkeit der Züge bezeugte das, unerachtet der starken Verschiedenheit des Ausdrucks. Des Vaters weißes Haar flatterte noch dicht in langen Wellen auf die mächtigen Schultern: nur an den Schläfen hatte es der vieljährige Druck des Helmes abgewetzt. Er trug keine Kopfbedeckung: der Wind spielte frei in dem Silbergewoge; sein schlichtes, braunes Wollwams reichte bis an die Knie, der Wehrgurt barg keine Waffe. »Mein Schwert heißt Rekared, meine Brünne Hermenigild,« hatte er auf die Mahnung der Gattin geantwortet, die vor den an diesem Hof so häufigen Mordanschlägen gegen die Könige warnen wollte.

Und in der Tat: der jüngere braunlockige Sohn, der zur Linken schritt, schien in seiner jugendlichen Kraft und in der wachen Klugheit seines Blickes eine scharfe Waffe für den Vater. Der ältere – zur Rechten – war stets einen Schritt zurück: oft blieb er sinnend, wie träumend stehen, strich die schlichten, blonden Haare aus der Stirn und schlug dann die meist gesenkten blauen Augen, wie suchend, wie fragend, gen Himmel auf. Jetzt kreuzte raschelnd den Sandweg gerade vor dem König eine Werre, die so schädliche Maulwurfsgrille, die Taufende von Pflanzenwurzeln durchbeißt. »Gibt acht, Vater!« rief Hermenigild. »Schone des Tierleins!« Aber der König zertrat es mit festem Schritt. »Nein, mein Sohn. Schädlich Gewürm muß man zertreten, wo man's findet. Merke dir das, künftiger König.« – »Künftiger König!« wiederholte seufzend der Sohn. »Wenig freut mich die Aussicht.« – »Man ist nicht zum eignen Vergnügen König, Bruder, nur zum Heil des Reiches,« sprach der Jüngere ernst. – »Du hast recht, wie immer, Rekared! Ach, weshalb bist du nicht der Erstgeborne? Du gehörst auf den Thron. Ich aber ... – Ich hätte längst gebeten ... Nur *eines* hält mich ab.« Dies flüsterte er fast unhörbar vor sich hin. Aber scharfen Ohres wie Auges hatte Rekared es doch verstanden: »Ich will dir's verraten, dies *eine*,« lächelte er

ihm leise zu, ihn einen Schritt zurückziehend, »du willst Leander und den Katholiken ein mildrer Herrscher werden als der Vater ist und als ich – wie du fürchtest – sein würde. Wenig kennst du mich.« – »Schweig vor dem Vater,« bat Hermenigild. – »Gewiß: ich hüte dein Geheimnis, obwohl nicht du mir's vertraut.«
Leovigild wandte sich um und winkte beide wieder heran. »Du möchtest vielleicht ins Kloster?« grollte der König. »Beten, träumen und faullenzen? Nichts da, Herr Sohn. Meine Sühne gehören nicht der Kirche: und – auf Erden – auch nicht dem Himmel, sondern ihrem Volk. Allzuviel verkehrst du mir schriftlich – und auch mündlich in Sevilla – mit Leander.« – »Er ist meiner seligen Mutter Bruder, Vater.«

»Ja, leider. Ich wollt', er wäre andern Mannes Ohm. – Übrigens, wenn du die Krone deines Volkes verschmähst – kein Gesetz bevorzugt den Erstgebornen, auch deinen Bruder mag der Reichstag wählen. Oder man könnte auch,« sprach er bedächtig und die Söhne scharf dabei musternd, »das Reich unter euch teilen: du, Hermenigild, könntest hier in Toledo herrschen, – oder bei deinem geliebten Ohm in Sevilla, eh? – Rekared in seinem Rekopolis, das ich – ihm zu Ehren seiner Siege über die Keltiberer, die Basken – gebaut und benannt habe.« – »Ja, gern!« rief Hermenigild rasch. Aber Rekared schüttelte unwillig das Haupt: »König Leovigild, das ist nicht dein Ernst. Du hast mit Heldenkraft das vielzerrissene Reich geeint: du wirst es nicht mit eigner Hand wieder spalten. Und ich? Ich bin kein Halbmann, auch kein Halbkönig.«

Der Vater schlug ihm auf die Schulter, sah ihn freundlich mit den goldbraunen Adleraugen an und sprach: »Gut, mein tapfrer Sohn. – Ihr wähltet beide wie ich's gedacht. – Du aber, frommer Heiliger, – welch ein Glück, daß ich – trotz deiner Mutter Bitten! – dich arianisch, nicht katholisch taufen ließ – sonst wärst du Leander längst gar und ganz verfallen! – du kannst wirklich nicht ins Kloster gehen,« spottete er gutmütig. »Denn du mußt heiraten.«

Betroffen blieb Hermenigild stehen; er fand kein Wort. Nekared machte große Augen.

»Ja, heiraten. Und zwar ganz geschwind. Tretet näher heran. – Dies ist noch tief geheim – ein Plan, der ausgeführt sein muß, bevor jene Leute davon erfahren, die ihn vereiteln würden. – Hört mich an. Ihr wißt, seit jenem Unheilskönig Chlodovech, der durch den Schlag bei Voulon uns fast all unser Land in Südgallien entriß, haben die Merowingen, diese frommen Lieblinge des heiligen Vaters, mit Raubgier und Gottseligkeit – denn wir sind ja Ketzer! – uns in Krieg und Frieden zu schaden gesucht nach Kräften, unablässig, länger als siebzig Jahre. Stets im Bund mit unsern andern katholischen Feinden, Byzanz und Sueven von außen, und den ärgeren von innen – mit den Bischöfen, Äbten, dem Adel der Römer in unserm Lande – haben sie uns offen und geheim bekämpft.« – »Ja, und nur deine Heldenkraft, Vater, hat sie, die schlimmsten und mächtigsten, bisher abgewehrt!« – »Mit äußerster Mühe, oft nur um Haaresbreite das Verderben meidend. So geht's nicht fort. Ich bin alt, bin müde ...« – »Man merkt's nicht,« lachte Rekared. »Laß nochmal die Stürme ringsher dich bedrohn, – wie vor Jahren wirst du sie bestehen.« – »Und bin ich tot? Hermenigild ist fromm und gut, aber allzugut, das heißt er ist schwach. Er liebt seine Feinde, der sanfte Tor.« – »Und ich segne, die mir fluchen,« schloß dieser, »wie der Herr gelehrt.« – »Der war nicht Gotenkönig!« brauste Leovigild auf, »und hatte nicht ein bedrohtes Volk zu schützen. Duldete er doch das Römerjoch auf der Seinen Nacken. Natürlich! Die linke Wange lehrt er zum Schlage reichen nach der Rechten, dem Räuber des Mantels das Wams dazu geben. Dabei kann kein Reich, kein Recht bestehen. Der war auch zu fromm – wie du!« – »Lästre nicht, Vater!« rief Hermenigild erschrocken. »Einen Menschen vergleichen mit ihm, der Gott selber ist.« – »Wa – Was war das?« schrie der König, zornig herumfahrend gegen den Sohn. »Was wagst du zu sagen? Bist du katholisch?« – »Schweig doch, Bruder, schweig!« mahnte Rekared. »Glaub' was du willst. Aber rede nicht zur Unzeit.« Hermenigild erbleichte: er verstummte.

»Also soweit hat er dich schon gebracht, der tückische Bischof von Sevilla?« – Hermenigild sprach mit gesenkten Augen: »Vergib, Vater. Ich will es nie mehr sagen.« – »Nicht denken sollst du's, ungeratener Sohn!«

»Denken? Vater!« mahnte Rekared. »Wer kann für Gedanken? Sie fragen nicht, ob sie kommen dürfen: – sie sind da.« – »Wohl! Aber solche Gedanken führen in meinem Reich nicht auf den Thron, auch nicht in ein katholisches Kloster, sondern in einen gotischen Kerker. Hüte dich, Träumer! Solche Träume sind gefährlich, aber nur dem, der sie träumt. – Also hört zu Ende. Um die Zahl unsrer Feinde zu mindern, den Mächtigsten zum Freunde zu gewinnen, – lange sucht' ich dazu nach einem Weg. Ich hab' ihn gefunden: wir werden uns mit den Merowingen verbünden, verschwägern. Du, mein Ältester, wirst eine Königstochter der Franken freien: du hast sie als mein Gesandter am Hof zu Metz gesehen, sie ist dir keine Fremde, es ist deine Stiefnichte Ingundis.« Hermenigild fuhr zusammen: er errötete. »Die Enkelin meiner Gemahlin Godiswintha, die Tochter ihrer Tochter Brunichildis und des ermordeten Gatten, des Königs Sigibert von Austrasien.« –»Und die Merowingen willigen ein?« Rekared fragte so, nicht Hermenigild. –»Ja, das heißt Frau Brunichildis! Nicht deren Todfeinde, Chilperich und Fredigundis. Aber die haben ihr nichts zu verbieten und diese blutige Spaltung schwächt das Haus und die Macht der Merowingen. Und du, frommer Sohn, ich meine, du bringst dies Opfer gern? Deine Schilderung der Nichte nach deiner Heimkehr war ...«

Da sank der Jüngling vor dem Vater auf die Kniee, suchte dessen Hand und küßte sie:»Dank, Vater, gütigstes Herz! Du weißt nicht, welche Erlösung du mir bringst. Ich schalt mein Wünschen, seit ich sie verlassen, mein Sehnen nach der Lieblichen als Sünde, als verbotenes Begehren: und nun verwandelst du diese Liebe in ein schönes Recht und eine heilige Pflicht. Dank dir!« –»Steh auf und fasse dich! Ich mag so weiche Rührung nicht.« Er wandte sich zu Rekared, sah ihm gütig in die Augen und sprach leise:»Danke heute dem Himmel, daß du einen Bruder hast.« –»Das tu' ich längst und alle Tage. Aber warum heute mehr?« –»Weil sonst du die Merowingin freien müßtest. Und was würde dazu schön Baddo sagen? Schweig! Ich weiß alles. Brauchst dich nicht deines Geschmacks zu schämen. Das Mädel ist bildschön.«

IV.

Am Abend dieses Tages finden wir Rekared in dem Garten des katholischen Nonnenklosters der heiligen Eulalia, das in dem stillsten Teile der Königsstadt, hart an dem Tajo-Tor, in immergrünen Büschen versteckt lag: nur der fromme Gesang der Nonnen und ihrer weltlichen Schülerinnen – Töchter der vornehmsten römischen Adelshäuser – unterbrach zu genau geregelten Stunden des Tages und der Nacht das feierliche Schweigen des lauschigen Ortes. Er wandelte neben einem schönen Mädchen zarten Alters, das nicht die schwarz und weißen Gewande der Sanctimoniales des Klosters, aber doch nur dunkle Farben und auf der Brust ein großes Kreuz von schwarzem Marmor trug. Gar oft suchten und zärtlich fanden sich die Blicke des jungen Paares: sie sprachen wenig: sie waren glücklich in einverstandenem Schweigen. Da bückte sich der Jüngling, pflückte aus einem duftenden Beet eine schöne weiße Narzisse und reichte sie der Geliebten:»Bitte, stecke sie vor jenes schwarze Kreuz, das dich der Welt und ihrer Freude zu entfremden droht. Ich fürchte es, meine Baddo.« – »Keine Ursache,« lächelte diese und barg die Blume an dem Busen.»Mich hält ein starker Anker fest in der Welt. Freiwillig verlaß ich deren Glück, ach! deren Hoffnung nicht.« – »Nun, gezwungen wird keine Freie unter König Leovigilds Schild, nicht die ärmste Ziegenhirtin seines Reichs, und nun erst seines Sohnes Braut!«

Das Mädchen errötete: – es strich erregt die weizenblonden Locken zurück, die aus dem grauen Schleier quollen –»o schon wieder dies Wort, das allzukühne! Fordre nicht den Himmel heraus! Wer weiß, ob das jemals wird ...« – »Und warum soll das nicht werden? Mein Vater –, heute hab ich's erfahren – hat – Gott weiß, wie? – mein, unser Geheimnis erkundet: – er zürnt nicht. Er hat dich auch gesehen und ...« – »Ja, er war hier, der Äbtissin seine neue Klostersteuer anzukünden. Er fragte nach meinem Namen – er streichelte mein Haar.« – »Also! Was König Leovigild will, das geschieht in seinem Reich!« – »In seinem Reich!« wiederholte das Mädchen ernst. – »So bist du eine Fremde?« rief Rekared, stehen bleibend. »Ich dachte es wohl. Aber wer auch dein Vater ...« – Sie schüttelte traurig das Haupt:»Ich habe lang schon keinen Vater mehr.« – »Nun denn, dein Muntwalt! Und wär's der Imperator zu Byzanz, er sagt nicht nein, wirbt Held Leovigild für seinen Sohn. O Geliebte, du hast geschworen, sagst du, wie die Äbtissin, solange du hier weilst, nichts von deiner Herkunft zu verraten: – keiner Seele. Und mir hast du das Wort abgenommen, nie zu fragen. Ich hab's gehalten bis heute: – ich halt' es bis du mich davon entbindest – aber diese Geheimhaltung kann alles verderben! Wie soll ich dich erringen, weiß ich nicht, wem ich dich abzuringen habe, in Güte oder mit Gewalt?« – »Ich habe geschworen, Rekared.«

Er seufzte tief. »Welche Qualen legt mir dies Rätsel auf seit Wochen! – Seit, ... seit jenem Tag, da ich dich mit der Äbtissin in der Tagus-Fähre erblickte, sofort in das Schifflein sprang ...« – »Ja, so ungestüm,« lächelte sie, »daß es fast umschlug. Die Äbtissin – sie ward gar naß! – erschrak und rief: »Prinz Rekared!« Da erschrak auch ich. Der schöne Fremdling ein Königssohn! Aber bald wich der Schreck der Freude, als der Königssohn nicht mehr von mir ließ. Und es war recht gut, daß der geliebte Mann der Königssohn war: einen andern hätte die gestrenge Frau Abbatissa nicht so oft in den Klostergarten dringen lassen.« – »Bah, bist ja keine Nonne. Und sollst keine werden, bei meines Vaters Haupt!« – »Aber katholisch bin ich. Und dein Vater ...« – »Ei, meine Mutter war auch katholisch. Damit richtet er nichts aus. Also, wann du genug gelernt hast bei den frommen, hochgelehrten Schwestern ...« – »Ich meine,« lächelte sie anmutig, »es reicht schon. Ein Weib braucht gar nicht soviel zu wissen, um ...« – »Selig zu machen und selig zu sein! Und wann du endlich deine Sippe nennen darfst, dann tu's sogleich, o Geliebte, nicht einen Tag wart' ich mehr! – Dann hol' ich dich, Süße, Heißgeliebte!« Und er umschlang die schlanke Gestalt und bedeckte ihr Antlitz mit glühenden Küssen. – »Halt ein, Geliebter. Halt! Du mußt jetzt fort. Die Äbtissin schickt den Pförtner – horch, wie er schon von weitem mahnend mit den Schlüsseln klirrt.«– »Ich gehe. Noch einen Kuß. Und was immer uns trennen mag von außen: – wir sind eins. Und deine Seele ist mein?« – »Auf ewig!«

*

Am Morgen des folgenden Tages war Rekared mit einigen Gefolgen aus Toledo geritten, Musterung über ein paar Tausendschaften seiner Reiter – er war der Führer der gotischen Reiterei – in Elbora, den Tajo abwärts, vorzunehmen.

Kaum war er fort, als dem König ein Schreiben der Äbtissin von Sankt Eulalia überbracht wurde, das lautete: »Nicht ohne Bestürzung melde ich dir, Herr König, daß die Alumna Baddo, die du mir so dringend empfohlen, heute Nacht von den Ihrigen in die Heimat abgeholt wurde. Vergebens bat ich um die Erlaubnis, jetzt wenigstens ihre Herkunft dir mitteilen zu dürfen ...« – »Gut, daß ich sie längst kenne, diese Herkunft.« – »Sie schied unter heißen Tränen.« – »Das glaub' ich! – Nun, mein tapferer Sohn, nun holst du dir bald die Braut mit dem Schwert. Aber nicht bevor ich's dir in die Faust drücke.«

V.

Wenige Wochen danach durchdrang die Königsstadt am Tajo freudige Bewegung: zahlreiche Begnadigungen, – zumal von Staatsverbrechern in früheren Empörungen, – wurden unter Trompetenschall in den Straßen verkündet, zugleich mit den »öffentlichen Freuden«, wie man sagte, wegen der Verlobung des Thronfolgers mit der fränkischen Königstochter: bei solchen und ähnlichen Anlässen pflegten derartige Hulderweisungen zu erfolgen. Bei der römischen Bevölkerung ward die Freude erhöht durch das katholische Bekenntnis der Braut; unmöglich konnte der König fortab noch die Bekenner des Glaubens seiner eignen Schwiegertochter verfolgen. Zudem schien die Verbindung mit den Merowingen den stets zu befürchtenden Angriffen der Franken auf das gotische Südgallien ein Ende zu machen: den katholischen Römern standen die katholischen Franken viel näher als ihre ketzerischen Beherrscher, die Goten.

Es verdroß den König, daß gerade einige seiner treuesten Gefolgen und Waffengehilfen die Festfreude nicht so recht zu teilen schienen. Und bei dem Vespertrunk, dem »Dämmertrunk«, sagten die Goten, gab er diesem Unwillen Ausdruck, als die beiden Treuesten und Verdientesten dieser alten Kämpen, die Brüder Garding und Gardila, ebenfalls durchaus nicht vergnügt erschienen. Es waren zwei Riesen, der jüngere um eine halbe Fingerbreite kürzer, aber auch noch erheblich länger als der doch auch über die Mittelgröße ragende König.

Schweigend traten sie in das kleinere Trinkgemach, in dem Leovigild die vertrautesten Goten bei Sonnenuntergang um sich zu sammeln pflegte, bevor in dem großen Speisesaal dieses einst kaiserlichen Palastes der Abendschmaus mit den zahlreichen – gotischen und römischen – Palatinen gehalten wurde. Schweigend begrüßten sie erst die Königin Godiswintha, dann schweigend den König an ihrer Seite, schweigend ließen sie sich dem Paare gegenüber an dem länglichen Bronzetisch nieder.

»Nun, Kleiner,« redete Leovigild den einen Riesen an, »ist auch dir heute die Zunge in die durstige Kehle gefallen? Von deinem langen Herrn Bruder sind wir schon gewohnt, daß er schweigt, wenn er nicht brummt.« –»So brumm' ich denn, Herr König, wenn dir mein Schweigen mißfällt. Sorge dafür, daß bei den dummen Freudenfesten deine lieben Römer nicht ihre Freudenfahnen deinen treusten Gefolgen auf die Köpfe fallen lassen. Gerade hab ich den Fetzen da abgerissen.« Er zog ein Stück eines rot- und goldgestreiften Flaggentuches aus dem Wehrgurt, zeigte ihn der Königin und warf ihn unter den Tisch. –»Das macht, der Große ist zu groß,« lachte Gardila.»Ich kam glücklich darunter durch.« – Aber Leovigild war ernst geworden:»Rot und Gold?« grollte er.»Das sind der Merowinger Farben! Wer wagt in meinem Toledo ...?« –»Ei,« lachte Garding grimmig – Bären würden so lachen, könnten sie's –»natürlich ein frommer Römer, der sich freut und der dich dadurch zu erfreuen hofft.« –»Und hoffen *darf,*« ergänzte Gardila,»ehrt er – in ihren Farben – doch deine Schwiegertochter, die Katholikin!«

Da fuhr die Königin heftig auf, die hohe Gestalt aufrichtend: sie war fast eine Greisin, das Antlitz mußte bildschön gewesen sein, aber das Fehlen des linken Auges und ein rotes Brandmal der rechten Wange entstellten es arg, mehr noch der bitterböse Ausdruck der allzuscharf geschnittenen und von Leidenschaften durchwitterten Züge: er war unheimlich drohend: so erschrak der alte Hüne als sie nun wie eine Schlange gegen ihn fuhr.»Gardila,« schrie sie mit schriller Stimme,»hüte dich! Vieles verzeih ich dir und Garding – um manches starken Schwertstreiches willen: – aber das laß mich nicht noch einmal hören. Bei meinem Zorn! Ich und eine katholische Schwiegertochter? Eher erwürge ich sie mit diesen Händen.« Man traute ihr das zu, so drohte das funkelnde Auge.»Gemach, Frau Ungestüm,« beschwichtigte der König.»Nicht Streit in der Sippe, nicht Glaubensgezänk, – ich habe genug daran! – Friede und Versöhnung auch mit den Franken ist der Zweck meines Planes. Darauf laß uns trinken.«

Die Brüder taten Bescheid. Dann sprach der Ältere, die bärtigen Lippen wischend:»Möge der Wunschgott...« –»Was faselst du da?« zürnte Godiswintha. –»Verzeiht, fromme Frau. Schwer ist's in diesem Reich, just das Richtige zu glauben! – Möge der Himmel diese fränkische Verschwägerung zu besserem Ende führen als alle früheren. König Amalarich brachte sie den Tod.« –»Ist lange her,« meinte Leovigild und trank. –»Aber nicht lang ist's her, Frau Königin, als Ihr die beiden Edelperlen, Eure Töchter, den Merowingen vermähltet.« – »Schweig, Unheilsrabe!« rief Godiswintha und verdeckte das Antlitz mit der Hand. Aber der fuhr unerbittlich fort: »Tot, erwürgt von Fredigundis, der Walandine, liegt die sanfte Galswintha, die Lilie der Goten.« – »Und tot liegt, ermordet durch Fredigundis, Frau Brunichildens edler Gemahl, sie selbst verwitwet, gefangen, ihres Knaben beraubt ...« – »Schweigt, sag' ich,« schrie Godiswintha. – »Und nun abermals,« schloß Garding, »eine merowingische Ehe?« – »Schweig wirklich, Garding!« herrschte ihn der König an. »Die Staatskunst muß Vergangenes vergessen können um der Zukunft willen. Siehst du denn nicht die Vorteile dieses Bundes? – »Meiner Treu, nicht *einen*.« – »Franke und Gote sind wie Wolf und Edelhirsch, sagt man in unsrem Volk.« – »Und ein andres Mahnwort lautet: den Franken halt fern, sonst frißt er dich. Schon flattern fränkische Farben in Toledo. Und diese katholische ...« – »Ingundis legt jene Farben wie ihren Glauben ab, sobald sie Hermenigilds Weib,« entgegnete der Herrscher ernst. »Übrigens, du bist doch sonst immer noch mehr Heide als Arianer,« grollte Godiswintha. »Ich glaube, du opferst zuweilen noch Wodan! – du verehrst ...« – »Ich verehre den Siegesgott, Frau Königin, ihm ist dies Schwert geweiht und das ist den Schlachten deines Gemahls bisher ganz gut bekommen,« erwiderte er trotzig. – »Schande mir, vergäß ich's je und eure vierzehn Schlachten an meiner Seite,« sprach dieser und reichte beiden über die Tafel hin die Hand. »Aber du mußt doch einsehen, Brummkopf: haben wir die Franken als Mitstreiter, können wir den Sueven die ewigen Seitenhiebe vergelten und die Kaiserlichen ins Meer werfen.« »Können wir beides auch allein,« sprach Gardila, »solang wir mit uns Leovigild haben.« – »Und den Siegesgott,« schloß Garding. »Da kommen Priester. Ich gehe; komm, Bruder!«

Während sie die Marmorstufen aus dem Palast auf die Straße herabstiegen, sprach Gardila unmutig: »Warum hat er sie genommen, die üble Hexe, die Einäugige ...« – »Still! Andre Leute sind auch einäugig.« – »Aber warum?« – »Sie ist ein gewaltig Weib und war die Witwe seines Vorgängers Athanagild. Groß war ihr Anhang im Adel und alle wütigen Arianer ...« – »Ich wollte, sie wäre anderswo! Samt ihrer merowingischen Enkelin. Der Mond ging blutrot auf. Das bedeutet nicht Versöhnung!«

VI.

Einstweilen bewegte sich das stattliche Brautgeleit Ingundens gar langsam, weil auf allerlei Umwegen – denn Brunichildens Tochter konnte man nicht Fredigundens Machtbereich betreten lassen – auf der alten Römerstraße am Rhone-Ufer hin von Lyon über Valence, Avignon und Nîmes nach Narbonne, der Hauptstadt des gotischen Galliens, in dessen stattlichem Palatium Rast gehalten und die Braut von Hermenigild empfangen werden sollte. Wie erstaunte daher diese, als ihr alsbald in dem Empfangssaal statt des Bräutigams entgegen trat – dessen Oheim Leander. Der vielerfahrene Seelenergründer erkannte leicht die Enttäuschung des Mädchens: »Zürne mir nicht, Königskind,« begann er in seiner leisen einschmeichelnden Stimme. »Nur ganz kurze Zeit mußte ich dich allein sprechen: – das heißt, bevor *er* eintrifft.«

Die Tochter Brunichildens hatte viel von deren stolzen Schönheit, aber wie deren dunkle Augen und Haare auch den hochgemuten stolzen Sinn und die feste Willenskraft, mit der die Witwe Herrn Sigiberts den trotzigen Adel Austrasiens bändigte, kräftiger, mutiger als mancher Mann auf diesen fränkischen Thronen. Das edle Haupt in den Nacken werfend, sah sie dem Bischof scharf in die Augen und sprach, sich auf den purpurbehangenen Sitz niederlassend: »Ich werde kein Geheimnis haben vor meinem Gemahl.« – »Sollst du nicht, meine wackre Nichte. Ich selbst werde ihm künden, was ich dir sage: – aber zur rechten Stunde. – Ingundis, ich kenne deine Seele.« – »Du hast mich nur dreimal gesprochen,« meinte sie streng, – »Aber dein Beichtvater, Fronimius von Agde, dein Erzieher im rechten Glauben, ist mein nächster Freund. Er schrieb von seinem Zögling, seinem Liebling gar viel in jedem Brief.« – »Und aufs wärmste,« nickte die Braut nun freundlicher, »hat er dich mir empfohlen. Dir, dir allein soll ich vertrauen in jenem Land der Ketzer. Gift ist diese Ketzerei!« Sie furchte die stolz geschwungenen Brauen.

Er faßte rasch ihre Hand. »Herrliches Kind, Dank! Dank für dies Wort. Es eint uns für immer: – es kürzt meine Aufgabe. Ich weiß von deinem Lehrer, wie tief durchdrungen du bist von unserem heiligen Glauben.« – »Er ist das Leben meiner Seele,« rief sie und schlug die Augen auf gen Himmel. »Christus weiß es!« – »Wohlan« – er sah sich scharf um, dann flüsterte er leise in ihr Ohr: »Man will ihn dir entreißen.« – Sie lachte verächtlich: »Eh reißen sie den Morgenstern vom Himmel! – Wer will das?« – »Der König, die Königin. Alle Goten.« – »Auch Hermenigild?« – »Der liebt dich – und will nichts, was dich betrübt. Aber er kann dich nicht schützen.« – »Ist er kein Mann?«

Leander zuckte die Achseln: »Ein weich, ein *sehr* weich Gemüt.« – »Woher weißt du ...?« – »Woher? Weil ich allein – weil meine Klugheit, meine Liebe zu dir – mehr noch: meine heilige Sorge um deine Seele dich gelöst hat aus dem Netze, das über deinem Haupt zusammenfallen sollte. Höre. Der König hatte deine Mutter bereits dafür gewonnen, daß du vor der Vermählung – wie umgekehrt sie und ihre Schwester bei der Heirat mit den Merowingen katholisch geworden sind, – unsern heiligen Glauben mit jener Ketzerei vertauschen sollst.« – »Unmöglich!« rief Ingundis und sprang auf: ihre Augen blitzten. »Abscheulich! Niemals!«

Mit Wohlgefallen betrachtete sie der Bischof: »So gefällst du mir, tapfre Nichte. Vernimm, wie ich den Plan vereitelt habe:« er zog eine Rolle aus den Falten seiner Sutane, »ich hatte den Auftrag von beiden, den Vertrag über eure Vermählung zu verfassen: in dem Entwurf standen ausdrücklich die Worte: ›katholisches‹ ... ›arianisches Bekenntnis‹. Ich änderte so: ›die Vertragenden sind darin einverstanden, daß die Gatten auch durch das gleiche Bekenntnis werden verbunden sein‹.« – »Aber – ich derstehe nicht ...« – Überlegen lächelte der Bischof. »Ja! auch der König verstand es nicht. Wenigstens nicht richtig. Er dachte natürlich nur an das Bekenntnis Hermenigilds.« – »Jawohl! Und der ist Arianer!« – »Er darf's nicht bleiben,« sprach Leander fest. – »Ah, Oheim, teurer Ohm!« – »Du verstehst mich. Das gleiche Bekenntnis, das euch verbinden soll, ist *unser* heiliger Glaube. Nicht du wirst Ketzerin, – der Königssohn wird rechtgläubig.«

»Ein schwierig Werk!« – »Nicht *für dich*. – Du bist sehr, sehr schön, bist heiß begehrenswert. Er liebt dich mit aller Kraft, deren seine zarte Seele überhaupt fähig ist. Ein hoher Geist in Rom.« – »Gregor! der Mutter Freund!« – »Und ich haben kräftig vorgearbeitet. Schon lange schwankt er: – du, du mußt ihn zu uns herüberziehen.« – »Ich! Wie kann ich das?« – »Indem du, bis er katholisch geworden« – hier flüsterte er ganz leise – »ihm alles, *alles* weigerst, was der Liebende, der Gatte ersehnt. Den Brautkuß freilich mußt du ihm – vor allem Volk! – gewähren. Aber nach diesem *einen* Kuß nicht die kleinste Gunst: – hörst du? Kaum einen Handschlag. Alles hängt davon ab. Bleibe fest, meine Tochter, bleibe scheinbar hart. Nur scheinbar; denn es gilt seine unsterbliche Seele zu retten: – das bedenke. Du *kannst* ihn bekehren: – eine Todsünde lädst du auf dich, unterläßt du's aus Weibesschwäche, aus – Liebe.«

Da zuckte sie die Achseln: »Ich weiß nicht, was das ist. Er ist mir gleichgültig. Aber die *Seele* des Gatten vor den Flammen der *Hölle* retten: – ja, das will ich.« – »Der Himmel wird dir lohnen. Und bedenke, Königskind: nicht diesen *einen* Ketzer rettest du: Leovigild ist ein Greis. Sein Sohn folgt ihm bald auf den Thron: ein katholischer Gotenkönig aber mit einer *solchen* Königin: – sie werden das ganze Gotenvolk zum rechten Glauben herüberziehen. Das letzte Ketzerreich im Abendland verschwindet und das, dies große, dies heilige Werk ist *dein* Verdienst, meine Tochter. Willst du mir folgen?« – »Ja, ich will,« rief sie leidenschaftlich mit Tränen der Rührung in den Augen, »Ich verspreche dir' s bei Christus dem Herrn.« – Und sie sank vor ihm auf die Knie und küßte seinen Bischofsring. Er legte die Hand auf das schöne Haupt und sprach feierlich: »Und Christus der Herr wird dich dabei führen, stärken und segnen. Amen.« Im stillen aber sprach er zu sich selber: »Jetzt, Herr König, zieht Unfriede in dein Haus und das Verderben in dein Reich.«

VII.

Festlich und prachtvoll schmückte sich die stolze Königstadt Toledo an dem Tage, da das junge Brautpaar seinen Einzug hielt. Von Narbonne aus hatte es, auf dem Seeweg Barcelona anfahrend, dann den Ebro zu Berg Tortosa und von dort, auf der alten Legionenstraße die Berge überschreitend, den Tajo und die Residenz erreicht. Die Römer hatten all' ihre Haustüren – Balkone und Fenster nach der Straße zu gab es noch nicht – mit den Blumen des Sommertages geschmückt und gar oft mit Teppichen in den merowingischen Farben: die alte blaue Gotenfahne sah man selten.

Der Abend des Einzugstages kam heran: die lauten Feste waren vorüber, die vielen hundert Gäste hatten das Palatium verlassen. Die Königsfamilie mit wenigen vertrautesten Freunden blieb noch beisammen in jenem kleinen Dämmertrunk-Gemach. Da sprach die Königin – sie hatte die Eiseskälte der Enkelin, die sich ihr nach Kräften fern hielt, den ganzen Tag über scharf vermerkt: –»Und nun, Ingundis. Du hast zu bestimmen: wann soll die Taufe, wann die Trauung sein?«

Da fiel Isidor, der weise und herzensgute Archipresbyter, ein: »Verzeiht, Frau Königin, ein wohlgemeintes Wort. Es wird uns, – den Katholischen – besonders schwer, bei dem Übertritt die Taufe zu erneuen. Das sieht aus, als gelte unsere Taufe nicht. Ich bitte, verzichtet auf die nochmalige Taufe.«

Grollend wollte die Königin ablehnen: allein Rekared kam ihr zuvor. Seit er, heimgekehrt, die Geliebte spurlos verschwunden gefunden, hatte ihn tiefes Weh verdüstert: er lebte nur noch der Pflicht, das hieß für ihn: dem Reich: aber diesem so eifrig, eifriger als je zuvor. »Gewähre das, Vater,« bat er. »Abt Gregor, der weise, in Rom hat es erbeten. Und« – fügte er flüsternd bei – »es erleichtert ja den Übertritt.« – »Es sei, mein kluger Sohn,« sprach Leovigild. »Was liegt dem Reich an *einer* Taufe oder zweien! – Aber die Vermählung! Auf wann, liebe Tochter, setzest du sie fest?« – Da erhob sich Ingundis von ihrem Sitz ihm gegenüber: noch einen Blick warf sie auf Hermenigild, der das Haupt senkte und, leise zitternd, sitzen blieb: dann trat sie hart vor den König, hob das schöne Haupt und sprach mit fester Stimme: »Herr König, wir *sind* bereits vermählt.«

Da sprangen alle auf von ihren Sitzen: ein Gewoge von Stimmen, von Rufen erschallte durcheinander: aber alles, auch Godiswinthas Zornruf übertönte Leovigilds dröhnendes Wort:»Vermählt? Wo ... Wann?« –»In Narbonne. Vor zwei Wochen.« –»Durch wen getraut?« – Nun erhob sich Hermenigild: er war bleich, aber nun hatte er sich gefaßt:»Oheim Leander.« –»Katholisch getraut!« gellte die Königin, –»Das ist nichtig,« sprach der König,»du bist Arianer.« –»Gewesen!« entgegnete Ingundis.»Der Metropolitan hat ihn aufgenommen in unsere heilige Kirche.« –»Mein Sohn! Sag' nein!« – Ruhig trat Hermenigild vor.»So ist's. Ich mußte.« –»So? Nun sollst du sehen, was ich muß, Garding, ergreife den Verräter. In den Römerturm mit ihm! Königin, dir übergeb' ich die Verführerin. Du stehst dafür, daß sie ihn nicht sieht.« –»Ich stehe dafür,« erwiderte Godiswintha und ergriff sie mit harter Gewalt am Arm: sie ließ es ohne Widerstand geschehen.

»Ah, dieser Leander, der Betrüger,« rief der König. –»Er hat *nicht* betrogen,« erwiderte Ingundis.»Was steht in dem Vertrag? ›Auch des Glaubens Einheit soll uns verbinden‹: wohlan: sie verbindet uns.« –»Der Hohn! Der Hohn! Ein echter Priesterstreich!« Da stürmte Gardila ins Gemach:»Nun freue dich, altes Schwert Leovigilds! Du bekommst wieder zu tun. Auf, Herr König! Drei Boten trafen soeben zusammen vor den Toren deines Palastes von Nord, von Süd, von West. Der Suevenkönig Miro brach aus seinen Bergen und hat den Duero überschritten: eine Flotte der Byzantiner ist den Bätis zu Berg gesegelt nach Sevilla und hat, von Leander empfangen, viele Tausende gelandet: die Römer in Merida, Cordoba, Carmona, Astigi haben sich empört und die Basken ziehen in hellen Haufen auf Saragossa.«

»Weiter nichts?« lachte der alte Held grimmig.»Nun, sie haben's gut vorbereitet, unsere Feinde. Das klappt ja trefflich! Alles auf *einen* Schlag! Auf *einen* Tag! Nun wartet! Der alte Gott lebt noch und der alte Leovigild auch. – Verlaßt mich jetzt alle. Ich muß mir ein paar Sachen überlegen. Es ist spät. Morgen bei Sonnenaufgang, Rekared, versammelst du auf dem Platz vor dem Palatium alle Gotenkrieger zu Toledo!«

VIII.

Die Strahlen der eben aufgegangenen Sonne glitzerten auf den Helmen, den Speerspitzen, den Schilden und Brünnen der Hundertschaften und Tausendschaften, die sich, Reiter und Fußvolk, dem ergangenen Heerbann gemäß, auf dem alten »Forum des Theodosius« wohlgeordnet geschart hatten: lustig flatterten im Morgenwind die langen blauen »Gunfanon«. Freudig lauter Zuruf begrüßte den König, wie er mit Rekared und seinen obersten Führern vollgerüstet aus dem Mitteltor auf die breite Oberstufe der Marmortreppe trat. Er winkte mit der Rechten: sofort verstummte der Lärm.

»Dank euch, meine Goten. So muß denn nochmal das Schwert – ich hatte es in der Halle für immer, – dacht' ich, – aufgehängt, ihr kennt es! – aus der Scheide fahren gegen die alten Feinde, Ihr kennt auch sie: besonders von hinten.« Eine schallende Lache war die Antwort auf den derben Lagerwitz. »Aber diesmal steck' ich die gute Klinge nicht ein, bevor sie gründlicher Ruhe geschaffen hat als je zuvor. Und da nun Untreue immer wieder ihr Haupt erhebt, will ich mir gegen solche Untreue einen lebend'gen Schild der Treue schmieden. – In dieser schlummerlosen Nacht kam mir der Gedanke: zwei Hundertschaften auserlesner Krieger will ich um mich scharen, nicht meine Brust, meinen Leib zu schützen – das tu' ich selbst! – Nein: als mein fleisch-gewordner Wille allüberall meine Befehle zu vollstrecken, den Ungehorsam niederzuschlagen mit scharfer Gewalt, als ob meine Hand zweihundert Schwerte schwänge. Melden kann sich jeder Wehrmann: ich lese sie aus: nicht nach Adel der Geburt, – edel ist, wer edel tut – nach Würdigkeit. Zu eurem Führer aber bestell' ich Graf Wandalar von Valencia, den tapfern Mann, den Bezwinger Keltiberiens: ihm sollt ihr in allen Stücken blind gehorchen wie mir selbst. Erwartet keinen Lohn, keine Gunstgeschenke: die Ehre ist euer Lohn: ›die Schar der Treuen‹ sollt ihr heißen – und sein. Wollt ihr das, meine Goten?«

»Heil! Heil König Leovigild! Das wollen wir!« riefen die Scharen und erhoben die Waffen.

»Gut! Ich wähle aus, bevor wir aufbrechen. Und nun vernehmt sogleich mein erst Gebot, Getreue. – Was ich voraus gewußt, sobald die erste Kunde von dem Aufstand der Basken, von der Empörung der Römer eintraf – spätere Boten haben es bestätigt – überall, in den baskischen Bergen wie auf den Ebenen um Sevilla, sind es die Priester, die höchsten wie die untersten, die den Brand geschürt, die Flammen geweckt haben: der Bischof von Astigi, Helm auf dem Haupt, Schwert in der Faust, hat am Altar gepredigt, ich sei ein Dämon der Hölle, wer mir gehorche, gehorche dem Satan und sei dem verfallen auf ewig: feierlich hat er die mit Grauen auf den Knieen vor ihm Lauschenden mit geweihtem Wasser übersprengt, sie Christus und Sankt Eulalien geweiht und alle Katholischen vom Eid der Treue gegen mich entbunden.« Ein Murren zuerst des Grolls, bald ein Schrei des Zorns lief durch die Reihen. »Überall, in Ossetum, in Auca, in Pampilona, haben die Geistlichen – gegen ihre Canones! – selbst die Waffen ergriffen: sie führen die Haufen an, die über die vereinzelten Gehöfte der Goten im Flachland wie in den Bergen herfallen, die Häuser verbrennen, die Bewohner erschlagen: – auch Weiber und Kinder ...« – »Rache! Rache!« scholl es in der Runde. – »Nicht Rache: Strafe! Aber gegen wen? Nicht gegen die betörten Basken, die armen Berghirten, die von Kindheit auf gewohnt sind, alles blind zu glauben, was der Priester sagt, nicht die verführten Bauern an dem Bätis, nein: – die Verführer gilt's zu treffen. Zersprengt die Haufen, die Gefangenen entwaffnet und laßt sie laufen – doch jeden Priester, den ihr trefft in Waffen – sei's Diakon, Bischof, Metropolitan! – Getreue, hängt ihn an den nächsten Baum. Sie sollen's lernen, was des Königs ist. Ich laß ihnen Himmel und Hölle, sie sollen mir nur dies Land, dies Volk und mein Haus lassen.« Brausender Zuruf antwortete ihm. »Wir aus Toledo brechen sofort auf: mein Sohn gegen die Sueven, gen Nordwesten, ich gegen Sevilla und die Byzantiner gen Süden: die Aufgebote der andern Landschaften, – von allen Seiten ziehen sie uns nach – von morgen, übermorgen an. Es eilt ...«

Da drängte sich durch die waffenblitzenden Reihen der Hundertschaft gerade gegenüber der Hochtreppe ein ärmlich gekleideter alter Mann und stieg mühsam die Stufen hinan, auf einen langen Stab sich stützend' er mahnte einen zweiten, der gar scheu und schüchtern umherblickte, zu folgen: »Komm nur, Sacharja, Freund Gottes! Komm getrost und fürchte dich nicht. Der Herr König – Gott segne seinen Samen! – sieht wohl grimmig wie der Löwe auf

Karmels Höhn, doch sein Herz hat lieb die Gerechtigkeit.« Ermutigt folgte der andre. – »Was willst du, Jude?« rief der König unwillig. »Ich kenne dich, Jojada ist dein Name, bist ein redlicher Jud': – das gibt's auch! Hast einen Handel bei Gades an der See. Aber du siehst doch, jetzt hab ich keine Zeit für Tausch und Kauf.« – »Herr König, hast du auch nicht Zeit fürs Recht? Wofür hat dich der Herr gesetzt auf den Thron? Ist der Thron nicht der Stuhl des Richters?« – »Ja, Mensch,« grollte der König. »Aber ich muß jetzt auf den Gaul, nicht auf den Thron. Mach's kurz. Was willst du?« – »Gerechtigkeit.« – »Die wird dir. Was ist's?« – »Was es ist? Weh geschrien über das, was ist. Die Christen, beides, deine blonden Langmächtigen und die schwarzen, die Römischen, haben gemacht große Gewalt in Gades der Stadt und haben verbrannt unser Bethaus und geraubt die Silberleuchter und – ...« – »Genug! Wenn sich 's erwahrt, stellen sie beide, Goten und Römer, das Bethaus her auf ihre Kosten und die Räuber sterben.« – »Hast du gehört, Sacharja, du Gerechter Gottes? Was hab' ich gesagt von unserem Herrn, dem König? Solchen Herrn habt Ihr nicht im Reich der bitterbösen Merowingen – er ist nämlich aus Paris, ist der Sacharja: – da ist ein Gewaltherr, heißt Chilperich.« – »Gott sei's geklagt! Was hat er für Bosheiten am Leibe gegen das auserwählte Volk!« – »Na, ich hätte mir ein andres auserwählt! – Aber ich kenne Fredigundens Gemahl, Alter. – Noch was, Jojada?«

Der warf einen verschmitzten Blick auf seinen Genossen, der sollte sagen: »Jetzt merk' erst recht auf.« – »Ja doch, Herr König, großmächtiger. Ich habe eine Tochter: – Rebekka ist sie geheißen und ist so schön wie der Granatbaum und die rote Blüte des Granatbaums und die weiße Lilie von ...« – »Saron. Ich glaub' es schon. Was ist mit ihr?« – »Ist da dein großer Herzog über Malaccitana ...« – Der König nickte. »Stavila, einer meiner besten Helden und mein Freund.« – »Weih geschrien über ihn! Er hat nachts überfallen mein Haus, davon geschleppt Rebeckchen und hat ihr Gewalt getan.« – Leovigild erbleichte. »Jud', das ist nicht wahr!« – »Hörst du?« flüsterte der aus Paris. »Ich sagte es doch.« – »Ist es aber wahr,« fuhr der Herrscher fort, »bei Gottes Zorn, fällt sein Haupt.«

Da warf sich Jojada vor ihm auf die Knie und küßte den Saum seines Mantels. »Dank dir und Heil, Herr König, du Turm der Gerechtigkeit! Hörst du, siehst du nun, Zweifler? Er ist, wie ich gerühmt, nicht wie euer Chilperich. – Verzeih, gewaltiger Kriegesheld.

Rebeckchen ist unversehrt daheim,« – Der Greis fuhr zornig auf, »Was wagtest du, Elender?« – »Verzeih', wir haben gewettet. Der Gastfreund wollte nicht glauben, daß du auch dem armen Juden wider deine Schwertgewaltigen zu seinem Rechte verhilfst. Wir haben gewettet um tausend Solidi ...« – »Schau, schau, die armen Juden!« – »Herr König, die Wette ist nicht dein Schade. Zum Waffenkrieg gehört Geld, – grausam viel Geld! Ich hass' ihn wie ich ihn fürchte! Aber ich schenke dir die zehnmal hundert schönen Goldstücke.« – »Welche Frechheit!« – »Gelt, es ist dir zu wenig? Nun, da nimm diesen Schlüssel zu meiner großen Truhe. Da findest du mehr. Und alles ist dein was Jojada hat.«

Aber Leovigild wehrte mit der Hand unwillig ab: »Packe dich, Jude, und danke Gott, daß du ungeahndet den König belogen hast.« – Er wandte sich nun zu seinem Sohne. »Ich weiß, es bedarf des Spornes nicht, dich vorwärts in den Kampf zu treiben.« – »Ich werde meine Pflicht tun, Vater.« – »Ja, wie immer. Aber damit du sie gar freudig tuest: – höre noch eins. Weißt du, warum ich dich gerade gegen die Sueven schicke? Weil ... nun: ich erwarte, daß du diesmal die Räuber nicht bloß – wie bisher – über die Grenze nach Hause treibst ...« – »Wir sollten diesem bösen Nachbarreich der Störenfriede ein Ende machen für immer, ihr Land dem unsern einverleiben ...« – »Das sollst du, mein Sohn. Diesen Ruhm hab' ich dir zugedacht. Du dringst den Weichenden nach bis in ihre Hauptstadt Astorga. Dort durchsuche genau den Palast des Königs.« – »Wegen der Schätze?« – »Ja! Zumal um *einer* Perle willen. Die bringst du nach Toledo. Die heißt – Baddo.« – »Vater!« jubelte Rekared. »Wie...?« – »Frage jetzt nicht. Säume nicht. Dort unten scharrt ungeduldig dein Hengst. Eile! Bald wirst du alles erfahren.«

IX.

Das junge Ehepaar war getrennt, Hermenigild in den festen Turm des alten Römerkastells auf der Nordseite des Palastes abgeführt, – in das Erdgeschoß, – Ingundis in das letzte der Frauengemächer gebracht worden, in welches nur *eine* Tür – aus dem Schlafgemach der Königin – führte. Godiswintha selbst begleitete die Enkelin dahin: sie bemerkte deren suchenden Blick:»Nein,« lachte sie giftig, »schönes Vögelein, du bleibst in diesem Käfig. Das Fenster ist vergittert, und vor dem Ausgang aus dem Frauenflügel steht Tag und Nacht eine Speerwache, Du bleibst hier gefangen bis du deine Irrlehre abgeschworen.« –»So werd' ich hier sterben,« sprach Ingundis ruhig und ließ sich auf dem Ruhebett nieder. –»Das wollen wir sehen,« meinte die Großmutter.»Schon stärkeren Trotz hat man gebrochen. Laß sehen, wie lange du mir widerstehst, dringe ich Tag und Nacht auf dich ein: – in Güte oder, muß es sein, – anders.« –»Das Leben kannst du mir nehmen, nicht meine Seele, das heißt meinen Glauben. Mich zwingen? Ich bin Brunichildens Tochter.« –»Und *meine* Enkelin. Du sollst sie kennen lernen, diese Großmutter. Ich werde nicht rasten, bis...« –»Oh, ich bin erschöpft von all' dem. Laß mich schlafen.« –»Gerade *schlafen* sollst du nicht: man kirrt die wildesten Falken, indem man sie immer rüttelt. Ja, schließe nur die Augen, ich werde rütteln. Tag und Nacht.« Sie faßte sie unsanft an der Schulter. –»Großmutter! Warum bist du so böse? Warst du immer so!« –»O nein, du freche Fragerin. Ich war sanft und still und scheu und schön – wie du, nein, viel schöner. – Und alle lobten mich, die mich sahen, sogar die Mädchen, die Frauen. Und die Männer, ei die! Das Palatium des Vaters, des Herzogs zu Tarracona, ward nicht leer von Freiern. Aber ich bat den Vater, nein zu sagen zu allen: denn tief im Herzen barg ich die Liebe zu ihm, dem Herrlichsten von allen; – ach auch dem Treuesten wähnte ich! – Sigisar, dem Grafen von Tortosa. Und auch er liebte mich: – glaubte, mich zu lieben. Gleich nach unserer Verlobung brach wieder einmal eine Empörung der Katholiken in Tarraconien aus. Ich eilte fliehend von Barcelona, – aus dem Meerbade – nach Hause. Aber bevor ich die Tore von Tarraco erreichen konnte, ward ich mit meinem Gefolge von einer Rotte der Aufständischen gefangen und vor den Bischof von Egara gebracht, der in Waffen im Felde stand gegen König

Agila. Der Elende drang mit Gewalt in mich, in seinen römischen Pfuhl zu springen. Er drohte, mich zu töten. Ich blieb fest: da sprach er: ›Nun, ich weiß, was du mehr fürchtest als den Tod, eitle Puppe: die Häßlichkeit.‹ Wohlan, lebe: aber entstellt, den Menschen ein Abscheu. Brandmarken will ich deine glatte Larve und dir die trotzigen Augen aus dem Gesicht reißen.‹ Und ich blieb standhaft und das Scheusal hielt Wort.»Ah,« schrie sie auf,»sowie ich's gedenke, spür' ich wieder das heiße Eisen an der Wange, den bohrenden Stachel in der leeren Augenhöhle. Und mich noch grausamer zu quälen in Angst vor dem nun gekannten Schmerz, sollte mir das andre Auge, die andre Wange erst nach drei Tagen zerstört werden, wenn ich nicht nachgäbe. Ich wimmerte vor Angst, aber ich gab nicht nach. Da – in der zweiten Nacht – überfiel mein Vater das Lager der Aufständischen, zersprengte sie und befreite mich. Auch mein Geliebter war unter den Siegern. Als er aber die Braut erschaute, da schrie er auf, wandte sich, floh und zerriß das Band der Treue! Das alles dank' ich Rom und seinen Priestern. Elend, vom Geliebten verlassen, ungeliebt, von allen Glücklichen gemieden schleppte ich das Leben dahin, bis König Athanagild, des Vaters alter Freund, mich zu sich auf den Thron erhob. Und nun soll ich meine Enkelin und den Nachfolger in diesem Reich als Glieder der verhaßten Kirche leben sehen? Lieber sollen sie sterben.«

»Aber Großmutter, meine Mutter und ihre Schwester sind doch auch ...« – »Ah, woran mahnst du mich, Unselige!« und im Zorn ihrer nicht mehr mächtig holte die Greisin aus und versetzte ihr mit der Faust einen Schlag ins Angesicht.

Ingundis fuhr auf, riß eine lange scharfe Nadel aus ihrem Haar, das nun in dunklen Wellen auf ihre Schultern herabflutete, und zückte sie zur Abwehr:»Rühr' mich nicht nochmal an – sonst ...« Aber Godiswintha entwand ihr die Waffe und stieß sie ihr in den Arm: Hochauf spritzte das Blut auf das weiße Brautgewand.»Ah du stichst, schöne Viper? Wart', ich lasse dich durch meine Knechte binden und geißeln bis noch mehr fließt von dem verhaßten Merowingenblut.« Ingundis sank stöhnend vor Schmerz auf das Lager. Triumphierend beugte sich die Alte über sie:»Da liegt die Martyrin! Willst du jetzt nachgeben?« – »Niemals.« – »Was mußtest du meine tiefste Wunde aufrühren? Ja, ich hatte mich bewegen lassen durch König Athanagild, um der weltlichen Vorteile willen meine beiden

Töchter den Merowingen und deren verhaßtem Glauben hinzuge-
ben. Die Strafe Gottes blieb nicht aus. Gar bald war meine holdseli-
ge, sanfte Galswintha erwürgt, meine Brunichild verwitwet, gefangen im eignen Land. Und nun verführt ihre Tochter den künftigen
Gotenkönig zum Abfall! Warte, du sollst mir's büßen.« Sie stürmte
aus dem Gemach und ließ Ingundis in Ohnmacht auf dem Pfühle
liegen. Als diese aus ihrer Betäubung erwachte, konnte sie die Arme
und Füße nicht heben: sie waren in schwere Fesseln geschlagen.

*

Und Wochen vergingen so: tief schnitten die harten Ketten in den
zarten Leib der Dulderin. Tag um Tag drang die Greisin in ihr Opfer: – ohne jeden Erfolg: die Gequälte antwortete nicht mehr.

Aber in einer Nacht stürmte die Königin, eine Fackel in der Hand,
in das Gemach.»Verfluchte,« gellte sie,»die Hölle ist mit euch!
Hermenigild ist entflohen. Der Wächter vor seinem Turm ist er-
dolcht. Sterbend berichtet er, drei Männer in Mönchsgewanden
brachen aus dem Gebüsch, stießen ihn von rückwärts nieder, erklet-
terten auf hoher Leiter das Turmfenster und entführten den Gefangenen. Dich sollen sie *nicht* entführen! Ihr Knechte, erhebt sie und
tragt sie hinunter in den Eiskeller. Zwei Speerträger vor die Eisen-
tür des Gewölbes.«

X.

Hermenigild war es gelungen, durch Hilfe der zahlreichen Glaubensgenossen, welche nur die Furcht vor Leovigild abhielt, sich dem Flüchtling offen anzuschließen, auf schmalen, allein den Umwohnern bekannten Steigen über die Carpetanischen Berge nach Alea, dann nach Merida und von hier über das Marianische Gebirge nach Sevilla zu entkommen, das er von Leander in besten Verteidigungsstand gesetzt fand. Der Metropolitan übergab ihm nun die weitere Führung, nachdem er ihm in der Kathedrale feierlich die Krone des Gotenreiches auf das Haupt gesetzt hatte: – das anfängliche Sträuben des frommen Gläubigen – der ganze Eifer des Neubekehrten hatte ihn ergriffen – war bald überwunden worden durch den Hinweis auf die Pflicht, die heilige Kirche vor der Verfolgung des – für abgesetzt erklärten – Ketzerkönigs zu schützen: das verlange schon der Dank für die mirakelhafte Befreiung! Der neue König der Goten führte den in der katholischen Taufe ihm beigelegten Namen »Johannes« und prägte eifrig Münzen auf diesen Namen. Leander aber erklärte nun, er müsse fort, so lang der Bätis und die See noch nicht durch die Schiffe Leovigilds gesperrt seien. Es gelte, neue Truppen aus Byzanz herbeizurufen: denn die bisher gelandeten reichten offenbar nicht aus, die Goten zu bezwingen. Schweren Herzens sah der junge König dem Eilschiff nach, das seinen gewaltigen Metropolitan entführte: er war seine einzige Stütze gewesen: in sich selbst fand er keinen Halt, seit ihm die kühne Tochter Brunichildens fehlte. Und näher und näher drang das Verderben gegen ihn heran.

Der alte Held hatte die vereinten Byzantiner und die empörten Hispanier in Schlachten und Gefechten geschlagen, Merida erstürmt und zog nun in Eilmärschen gegen den Bätis und Sevilla. Wenige Tage nach Leanders Flucht sperrten Leovigilds Trieren die Stadt im Süden von der Flußmündung ab, während gleich darauf er selbst sein Landheer im Norden und Osten die alten, noch von den Römern angelegten Befestigungen, zumal aber im Westen bei Italica eng umklammern ließ. Ausfälle der Belagerten wurden blutig zurückgeschlagen. Garding und Gardila hielten scharfe Wacht. Gleichwohl war die hier versammelte Streitkraft zu schwach, die ausgezeichnet stark befestigte Römerstadt mit Sturm zu nehmen.

Das Beste leistete bei der Verteidigung nicht der wenig kriegerische Königsohn, sondern Basilius, der tapfere und vielerfahrene Feldherr der Byzantiner. Er war die Seele des Widerstands: allgegenwärtig schien er an jedem bedrohten Punkt, mit aufopferndem Eifer setzte er sich Tag und Nacht den Geschossen der Belagerer aus, mehr als einmal ward er getroffen. Hermenigild fühlte sich nicht nur von Dankbarkeit, von herzlicher Neigung zu dem Manne hingezogen, der die beste Stütze seiner Sache war. Als er wieder einmal den Blutenden seines Dankes versicherte, erwiderte der Grieche:»Dank? ich tue meine Pflicht, drum ist mir wohl im Herzen. Und dich mit deiner sanften Seele hab' ich lieb gewonnen.«

Ungeduldig ertrug der ungestüme Greis draußen vor den Toren die Verzögerung. Groß war daher die Freude, als die ersten Reiter Rekareds in das Lager sprengten mit der frohen Meldung eines Doppelsiegs über die Basken und über die Sueven – König Miro sei gefallen – und seines baldigen Eintreffens im Lager. Ungeduldig ritt der Vater dem Sohn entgegen. Von weitem schon begrüßten sich mit freudigem Wiehern die beiden Hengste: waren sie doch auch Vater und Sohn. Aber zur Rechten neben dem Rappen des Sohnes sah Leovigild einen zierlichen weißen Zelter traben:»Er hat sie!« lachte der Alte in den Bart und spornte sein Pferd. Am Ausgang eines Pinienwäldchens trafen sie zusammen. Alsbald sprangen beide ab und umarmten sich, dann hob Rekared eine schlanke Gestalt von dem Zelter und schlug ihren Schleier zurück:»Hier ist sie, die Perle des Suevenreichs.« –

»Willkommen, Töchterchen beim Vater.« Und er schloß sie in die Arme.

Ihre Augen strahlten»Vater? Ach ich hab' ihn kaum gekannt. Er starb so früh.« – »Ihm hätte der Königstab der Sueven gebührt,« nickte Leovigild. Aber sein Vetter Miro wünschte ihm den Tod, der Tod kam und Miro ward König.« – »Mich schickte er nach Toledo in die Ferne, in eine Art Gefängnis unter dem Vorwand des Klosters.« – »Aber geheim, zumal geheim vor mir, damit ich dich nicht als Geisel für seine oft gebrochene Vertragstreue behielte. Doch ich erkundete alles, auch von dieses Helden eifrigen Klosterbesuchen. Hatte ich doch meine Freude daran. – Zuletzt hat dem Argen die Äbtissin was gesteckt und schleunig holte er das Vögelein zurück.

Ich aber wußte, nächstens schlägt er doch wieder los: dann mag der Bräutigam sich die Geliebte holen. Wie fiel der König?«–»Auf der letzten Schanze von Astorga: – von meinem Speer. Hier ist sein Schwert. Das Volk der Sueven huldigt seinem König.«
»Du hast sie dir verdient: – nimm die Befreite.« Und er legte sie an Rekareds Brust. –»Dank, Vater! Aber du weißt: sie ist katholisch.«–»Und ich bleib' es,« sprach das Mädchen fest. Einen Augenblick holte der König tief Atem:»Das setzt bösen Streit mit meiner Königin, Aber bleib' es. Es ist vielleicht wohlgetan, den allzustraff gespannten Bogen ...«–»O, König Leovigild!« rief Rekared feurig,»Das ist ein weiser Gedanke, ja ein rettender für dieses Reich. Halt ihn fest.«–»Das werd' ich. – Aber Töchterchen, mach' mir ihn nicht auch katholisch – wie die andere den anderen. Nun kommt in das Lager: jetzt machen wir ein Ende mit König Johannes.«

XI.

Und rasch ging's – nach dieser Verstärkung der Belagerer – zu Ende mit Sevilla. Vor dem Beginn des Kampfes erbat Rekared vom Vater kurzen Aufschub: er möge vorher das ganze Heer zur Beichte und zum Erlaß der Sündenstrafen gehen lassen. Mit großen Augen sah Leovigild auf den Sohn:»Glaubst du wirklich...?« Dieser lächelte.»Nicht, daß dann die Engel des Herrn für uns kämpfen, Wunder für uns geschehen werden! Aber die Leute werden freieren Herzens und deshalb erfolgreicher kämpfen, ihr Leben freudiger wagen: steigen sie dann doch – ohne Sündenschuld – geradenwegs gen Himmel auf. Gleichviel, ob's wahr ist: sie glauben's: das wirkt ganz, als ob's wahr wäre.« – Der König zauderte:»Die Religion ist dir...?« –»Sehr viel. Sehr! Aber auch Mittel zum Wohl des Reichs, zum Zweck des Sieges.« Da gab Leovigild nach: und es wirkte gut. Nach Vollendung der Vorbereitung befahl der König den Sturm im Doppelangriff: in der gleichen Stunde der dunklen Herbstnacht nahm er selbst von Westen, von Italica her, die Brücke über den Bätis und brach in die Stadt: – der Alte war der erste hinter dem von seiner Streitaxt zertrümmerten Tor: – während Rekared von Norden, von Carmona her, den Wall erstieg. Noch auf der Wallkrone leistete hier Basilius tapfer Widerstand: als aber den Schwerverwundeten seine Doryphoren aus dem Getümmel davontrugen, verzagten die Kaiserlichen auch an dieser Stelle und flohen. In der Mitte der Stadt, auf dem Forum des Theodosius, bei dem roten Licht der Fackeln und dem gelben brennender Häuser trafen die beiden Sturmhaufen der Sieger zusammen.»Halt ein, Vater!« flüsterte der Sohn.»Nicht gegen ... – *ihn*. Dort ragt das Palatium, darin ist er gewiß *nicht*. Dort raste, warte bis ich ihn bringe!« –»Gefangen! Meinen Sohn!« sprach der König, die Axt in den Wehrgurt steckend.»Ja! – Wahre sein Leben!« –»Sorglicher als das meine!« Und schon war er verschwunden in der Nacht. Bald war der Flüchtling gefunden. Er hatte es nicht über sich gebracht, mit dem Vater, dem Bruder das Schwert zu kreuzen: weder Wall noch Tor hatte er verteidigt: auf dem Forum hatte er den Ausgang abgewartet. Nach der Entscheidung suchte er Asyl. Die Seinen rieten ihm das einer arianischen Kirche, das würden die Sieger am sichersten ehren.»Nein,« sprach er,»ich will nichts dem Glauben verdanken, den ich verlassen!« So floh er in die erzbischöfliche Hauptkirche der Katholiken. Die gewährte vor den Goten nicht Asyl. Aber Rekared, der das Versteck bald erraten hatte, ehrte ein Recht, das gar nicht bestand. Er legte das Schwert vor der Türe der Basilika ab und ging waffenlos zu dem Bruder hinein. Er fand ihn auf der untersten Stufe des Hauptaltars vor der Apsis sitzend, Kronhelm und Schwert hatte er von sich getan: das Haupt hatte er in beide Hände – auf den Knieen – gelegt: er weinte. Rekared hemmte den Schritt in dem breiten Mittelgang: die Kirche war leer, die Flüchtlinge hatten den Schutz der arianischen Kirchen gesucht: spärlich Licht fiel auf den Altar. »Armer Bruder! Unseliger! Aber kein König der Goten,« dachte er. – »Komm, Bruder,« rief er ihn nun an. Hermenigild erhob sich langsam. »Wohin? Am liebsten zum Tod!« – »Nicht doch! An das Herz des Vaters. Du kennst es nicht, dies Herz. Es verzeiht: – ich bürge für dein Leben. Komm zum Vater!«

Als der Gefangne in die hell erleuchtete Palast-Halle trat, ward wie dem Vater so auch dem Bruder der Jammer dieses Anblicks erst klar: Blut floß von der Stirn – ein scharfer Schleuderstein hatte ihn hoch im Bogen getroffen – über das entstellte Gesicht: sein Königsmantel war zerfetzt, von eignem und von fremdem Blut besudelt: denn er hatte die Verwundeten, die man aus dem Gefecht zurücktrug, gepflegt: – die Augen wagte er nicht zu dem Vater aufzuschlagen. Der sah mit tiefem Weh auf ihn. »Absalon,« rief er, »mein Sohn Absalon!« Der Gefangene sank vor ihm auf beide Knie. »Bruder,« mahnte Rekared, »sage, daß du alles bereust.« »Nicht alles,« erwiderte der Gefangene. »Nur die Empörung – von ganzem Herzen! Nicht die Annahme des wahren Glaubens.«

Scharf prüfend sah der König ihm in die nun zuerst aufgeschlagenen Augen: »Du trittst zurück zu unserem Glauben oder du stirbst.« – »So sterb' ich.« – Da nickte der König und hob ihn auf: »Das war wacker. Ich verzeihe dir. Rekared, führ' ihn zu meinem Arzt. Er blutet stark.«

XII.

Nach kurzer Zeit konnte der König nun sein siegreiches Heer in die Heimatprovinzen entlassen: der Fall Sevillas, die Gefangennahme Hermenigilds entmutigte die Aufständischen, sie legten die Waffen nieder und unterwarfen sich: die Byzantiner flohen in die von ihnen früher schon besetzten Küstenfesten. Leovigild legte in Sevilla, Cordoba, Astigi ausreichende Besatzungen und kehrte mit den Seinen nach Toledo zurück, wo alsbald die Vermählung Rekareds erfolgen sollte. Hermenigild hatte sein Wort gegeben, nicht zu entfliehen. So ward er ungefesselt mitgeführt und in der Hauptstadt in einem zu dem Palast gehörigen Nebengebäude in dem weiten Garten untergebracht, ohne Wache und bei offenen Türen.

Der König fragte gleich bei der Begrüßung seiner Gemahlin nach Ingundis. Achselzuckend erwiderte diese:»Sie ist krank. Nach der Flucht des Empörers mußte ich sie sicher verwahren.« –»Wo?« –»In den Kellern; das hat sie, scheint es, schlecht vertragen.« –»Abscheuliche! Sofort führt sie herauf!« befahl Leovigild den Palastdienern.»Hierher! Zu mir.« –»Aber! Sie weigert – noch immer – hartnäckig den Übertritt,« mahnte die Königin. –»Wie der Gatte. Das gefällt mir.« –»Wie? Was?« –»Ja, das ist doch Treue. Gefiele dir's besser, verleugneten die beiden aus Furcht oder um des Vorteils willen ihre Überzeugung?« –»Wirst du vielleicht den Rebellen auf deinen Thron nachfolgen lassen?« lachte sie höhnisch. –»Das werd' ich nicht: ich werde Rekared durch das Volk wählen lassen.« –»Ei, warum? Um den Preis der Krone tritt er wohl über, der Märtyrer.« –»Nicht um den Preis des Lebens. – Hilf Gott! Ist das Ingundis oder ihr Geist? Sie kann kaum stehen.« –»Ich war krank, Herr König.« –»Hat man dir was zu leide getan?« – Sie schwieg. –»Ja, ich,« sprach die Königin.»Ich habe sie geschlagen, die verstockte katholische Schwiegertochter.«

Da furchte Leovigild die gewaltige Stirn und streng sprach er.»Damit du nicht auch die zweite Schwiegertochter schlägst, Rekareds Braut und *dich* entwürdigst – nicht die Geschlagenen! – räumst du sofort den Palast und Toledo. Weit weg von uns! Garding, du bringst die Königin nach Astorga, jetzt meine zweite Residenz. Schweig, Godiswintha. Jetzt beginnt hier eine andere Zeit: – sie würde dir schlecht gefallen. Rekared hat Recht: der Bogen war zu straff gespannt. Gib mir die Hand, Ingundis, ich führe dich zu deinem Gemahl.«

XIII.

Bald nachdem die Vermählungsfeier, an der auch Hermenigild und Ingundis teilnahmen, vorüber war, berief der König seine nächsten Freunde und vertrautesten Räte zu einer wichtigen Besprechung: es waren meist Goten, aber auch Römer, sogar einer ihrer Priester, der milde und weise Isidor.

Vor Eröffnung der Beratung teilte der König seinen Entschluß mit, durch Heer und Volk alsbald Rekared zu seinem Nachfolger wählen zu lassen, was einstimmig gebilligt ward: – ein Vorzugsrecht der Erstgeburt bestand ja in keiner Weise. Rekared schwieg: er kannte den Beschluß des Vaters als unwiderruflich und zu seiner Gattin sprach er:»Ich glaube selbst, es ist besser so fürs Reich der Goten. Der arme Bruder ist allzuweich.« –»Unverlässig ist er,« schloß Baddo.»Ich würde ihm nicht vertrauen.«

Dann verkündete der König Begnadigung aller, die sich an der Empörung beteiligt hatten:»Ich kann nicht den Anführer begnadigen und die Anhänger bestrafen,« meinte er. –»Aber wohl die Anstifter,« grollte Garding.»Leander, der das Ganze eingefädelt ...« –»Und seinen Bruder Fulgentius, der ihm nach Kräften geholfen,« schloß Gardila.»Er hat – im Mönchsgewand – den Turm Hermenigilds erklettert.« –Isidor wagte einzufallen:»Die Rache ist mein, ich will vergelten, spricht der Herr.« – » *Der Herr König* in diesem Fall!« rief Leovigild.»Nein, guter Isidor. Schreib du weiter an deinem vielbändigen Werk, das verstehst *du* besser: – aber den Staat laß mir: – den versteh' ich besser. Deine beiden Brüder sind friedlos gebannt: sie sterben, werden sie ergriffen.« –»Leider werden sie sich nicht ergreifen lassen,« meinte Garding.

Der Herrscher fuhr fort:»Aber nicht bloß dies Einzelne wollt' ich mit euch beraten. Mein Sohn Rekared hat von jeher – und allmählich immer stärker – in mich gedrungen, die Strenge, die mir gegen die Papstkirche notwendig schien, zu mildern: die Katholiken nicht durch den Schrecken niederzuhalten als Feinde, durch Milde zu gewinnen als Freunde. Sprich nun, mein Sohn, zu unsern Freunden, wie du so oft zu mir gesprochen.«

Rekared erhob sich und begann:»Welch' arge Greuel erleben wir in diesem Reich, seit zuerst der unselige Streit der Bekenntnisse entbrannte! Welch' blutige Frevel vor alters und vor kurzem. ›*Religionis erat tantum suadere malorum*‹, sagte ein Dichter: nur die Religion kann soviel Unheil bewirken. Aber hier nicht die Religion, – verschiedene Bekenntnisse derselben Religion! Wieviel Blut ist geflossen um ein Jota, ganz buchstäblich: – ein Jota: › *homoiousios*‹, wesensähnlich, sagen die einen von Christus, › *homoousios*‹, wesenseins mit Gott, die andern. Und deshalb hassen und verfolgen sie sich auf Erden und verfluchen sich in die Hölle! Ich aber meine: das Wesen Gottes ist unerforschlich. Und solche Haarspalterei der Gelehrten darf nicht die zwei Hälften *eines* Reiches spalten. Ziehen wir heran, was uns eint, schieben wir zurück, was uns trennt. Der König hat vor Jahren ein großes Religionsgespräch angeordnet, die Bekenntnisse zu versöhnen: feindseliger sind sie auseinandergegangen als sie zusammengekommen sind! Laßt doch jeden glauben und bekennen was er will, vielmehr was er *muß*. Heben wir Goten alle Nachteile auf, welche die Römer, das heißt die Katholischen, in unserm Reich bedrücken: dann werden sie keinen Grund mehr haben, aufzustehen, und Byzantiner und Franken keinen Vorwand mehr, ihnen beizustehen. Schon hat die Ehegenossenschaft sich durchgesetzt trotz der Verbote beider Kirchen: katholisch war meine Mutter, katholisch ist mein Weib.«

Gedankenvoll hatte ihm der König zugehört: nun unterbrach er ihn:»Und katholisch wirst vielleicht auch du?« – Rekared zuckte: dann strich er mit der Hand langsam über die Stirn:»Vater, ... das wirst du niemals sehen.« – »Wohlan,« so schloß Leovigild die Verhandlung.»Folgen wir dem Rat des künftigen Königs. Er hat die Folgen, die Verantwortung zu tragen: ich nur noch kurze Zeit. Isidor, bereite die Gesetzentwürfe vor.«

XIV.

Wenige Tage darauf ergriff Rekared das böse Fieber, das die sumpfigen Ufer des Tajo im Herbst häufig ausbrüten. Wochenlang lähmte es seine Kraft. Noch hatte er sich nicht vom Lager erhoben, als die gleiche Krankheit den Vater niederwarf. Sehr zur Unzeit, wie beide schalten. Denn plötzlich meldeten Flüchtlinge aus Malacitanien, – im Südosten der Halbinsel – eine byzantinische Flotte von dreißig Trieren habe bei Caviclum starke Streitkräfte gelandet, die in Eilmärschen geradewegs von Süd nach Nord auf Toledo zögen.

Des Königs bewährte Feldherren, Garding und Gardila, weilten jenseit der Pyrenäen in Septimanien, verdächtige Rüstungen des Merowingen Guntchramn, nahe der gotischen Grenze angehäufte Scharen zu beobachten und nötigenfalls abzuwehren. Da hatte der alte Held die Natur zwingen wollen: gegen das Verbot der Ärzte hatte er sich die Waffen an das Lager bringen lassen: er stand auf und – sank sofort um. Nun ließ er Rekared auf dessen Pfühl in sein Gemach tragen: dem war jeder Versuch, sich zu erheben, streng untersagt. »Laß mich – trotz allem – zu Pferd,« bat der Sohn. – »Soll ich meinen gewählten Nachfolger, die Hoffnung der Zukunft, in den Fiebertod schicken? Nein, ich ließ dich bringen, dir einen andern Entschluß mitzuteilen. Ich werde Hermenigild vorausschicken.«

Da erschrak Rekared: »Vater! Gegen die Byzantiner? seine Glaubensgenossen?« – »Nun, so abgrundtief treulos, so ganz ehrlos wird mein Sohn doch nicht sein, – soviel erwiesene Großmut mit neuem Verrat zu vergelten. Dann sollte er ...: – aber jeder Gedanke daran tut ihm schwer Unrecht.« – »Er ist kein starker Feldherr.« – »Ist nicht nötig. Die beiden Hünen sind aus Septimanien zurückgerufen durch eilende Boten. Vor der Entscheidungsschlacht – Hermenigild muß die hinauszögern – können sie bei ihm eintreffen ...« – »Dann laß ihn doch hier.« – »Du traust ihm nicht!« grollte der Vater schmerzlich. »Mißtrauen züchtet, Vertrauen erstickt die üblen Keime. Begreifst du nicht? Mein ehrendes Vertrauen soll den Tiefgesunkenen heben. Hat er doch aufrichtig bereut.« – »Vater, du meinst das schön. Und du mußt entscheiden. Es ist *dein* Sohn und *dein* Reich.«

Leovigild ließ Hermenigild rufen und sprach:»Mein Sohn, du hast gehört: der Feind steht wieder im Land. Die Kaiserlichen, die Leander in Byzanz erbat – dich und Sevilla sollten sie entsetzen – kamen hierfür zu spät. Aber jetzt sind sie gelandet und ziehen auf Toledo. Sprich, mein Sohn, wessen ist die Schuld, daß das geschieht?«

Hermenigild schlug die Augen nieder:»Die meine, Vater.« – »Gut, daß du's einsiehst und gestehst. Wohlan: wessen Sache ist's, wessen Ehre gebeut, die Herbeigerufenen auszuschaffen?«

»Die meine wäre es,« brachte er errötend – mühsam – hervor. »Jedoch ... ich ..«

»Wohl denn: es *soll die* deine *sein*. Zieh ihnen entgegen mit 6000 Helmen: darunter meine ›Getreuen‹, verjage sie aus unserem Vaterland und stelle deine Ehre wieder her.«

»Vater, Vater! welche Güte!« er sank ihm schluchzend zu Füßen. »Wodurch verdiene ich das?«

»Bisher durch nichts. Du *sollst* es verdienen durch Eifer und durch Treue.«

»Das andre, Bruder,« flüsterte Rekared leise,»das Undenkbare ... er würd' es, mein' ich, nicht überleben, der alte Mann.« – »Rekared! Dieser Zweifel tut weh.« – »Vergib mir, Bruder. Es ist nur die Sorge um den Vater. Die Krankheit hat den Greis gar arg entkräftet.«

XV.

Am Tage darauf brach Hermenigild mit den »Getreuen« und einem kleinen Heer auf, das bald durch die von Garding und Gardila von der Grenze herangeführten Scharen verstärkt werden sollte. Seine Gemahlin hatte ihn auf seine Bitte ins Feld begleiten dürfen; gegen Rekareds Rat, der sie als Pfand zurückbehalten wissen wollte; unwillig wies der Vater diesen Gedanken ab. – Da beide Heere in Eilmärschen widereinander rückten, trafen sie bald zusammen: bis Boecula war's, ungefähr halbwegs für beide.

Schon ging die Sonne zu Golde hinter den grünen Marianusbergen im Westen, als Hermenigild – er führte als berittene Vorhut die »Getreuen« – der ersten Haufen des Fußvolks der Byzantiner ansichtig wurde, die, keines Angriffs gewärtig, – ein Wäldchen auf der Krone des Hügels verdeckte die Goten – in lockeren Reihen den steilen Hügel hinaufklommen. Schon hatte Hermenigild das Schwert gezogen, schon wollte er den Befehl zum Angriff geben, auf den die »Getreuen« ungeduldig warteten: – da erkannte er den feindlichen Anführer: es war Basilius. Er senkte den Arm, sein Auge umflorte sich, die Stimme versagte den Befehlsruf: »Ich Unseliger!« stöhnte er! »Schuld, Schuld, was ich auch beginne, wohin ich mich wende. Undank, Abfall, Zwiespalt zerreißt mir die Seele. Was tun, was lassen?«

»Nun, Königssohn, wird's bald?« raunte ihm der Führer der Getreuen, Graf Wandalar, zornig zu. »Da haben wir die Verhaßten – sie sind verloren, die Ahnungslosen! – wir halten den sichern Sieg in Händen und du zögerst? Gib den Befehl oder ich greife an – ohne dich!«

Der Gequälte raffte sich auf, er winkte mit dem Schwert. Die Reitertrompeten schmetterten. Wie ein Bergsturz rasselten die Gepanzerten auf die Überraschten herab: nur wenige leisteten Widerstand, zusammengehalten von Basilius.

»Flieh, Patricius!« rief ihm einer seiner weichenden Doryphoren zu. »Weißt du, wer die Goten führt? Dein Freund, König Johannes!« und er enteilte. – »Unmöglich!« rief Basilius. »Der Undankbare!« Im selben Augenblick stürzte er, überritten, zu Boden. Er ward von den

Goten erkannt: ein paar Reiter sprangen ab und banden ihn mit Stricken.

Hermenigild kehrte soeben von der Verfolgung der Fliehenden zurück, die sich in die nahen Tore von Boecula retteten. »Sieh, Königssohn, wen wir dir da bringen,« rief Graf Wandalar freudig. »Der beste Fang, den wir machen konnten!« Und er schob jenen – die Hände waren ihm auf den Rücken gebunden – dicht an das Pferd Hermenigilds. Dieser fand zunächst kein Wort: dann sprach er: »Um Gott, Freund, wie stehst du vor mir!« – »Als dein Gefangener,« erwiderte der Feldherr mit blitzenden Augen. »Aber nicht um die Krone der Welt möcht' ich vor dir stehen, wie du vor mir, Eidbrüchiger, Verräter! Behalte deine falsche Freundschaft!« Der Gescholtene sprang ab, zog den Dolch und zerschnitt die Stricke des Gefangenen. »Geh, du bist frei!« – »Was, Hermenigild?« schrie Graf Wandalar. »Rasest du? Unsern gefährlichsten Feind! So lohnst du deines Vaters Großmut, Undankbarer? Nein, Verräter, das geschieht nicht.« Und er stieß dem Griechen das Schwert in den Hals. – »Gut, gut!« jubelten die Getreuen. »Heil Wandalar!«

Stärker als der Zorn Hermenigilds war sein Weh: noch bevor er daran dachte, den Meuterer zu strafen, kniete er neben den Freund, suchte den Bluterguß zu hemmen, griff nach seiner Hand. Mit letzter Kraft stieß ihn der Sterbende zurück: »Fort die Verräterfinger. Fluch über dich!« Auf sprang Hermenigild von der Leiche: »Wandalar, was wagtest du zu tun?« – »Meine Pflicht. Ich habe dem König Treue geschworen. Die halt' ich: wir sollen seinen Willen vollstrecken, gehorsam wie sein Schwert. Sein Wille war nicht, – sicher nicht! – was du getan. Du hast deinen Vater zum zweitenmal verraten.« – »Ergreift ihn, Goten,« befahl Hermenigild. »Entwaffnet ihn.« Aber keine Hand rührte sich. »Nein,« riefen die Getreuen durcheinander. »Recht hat er getan! Recht nach des Königs Willen! Ihm gehorchen wir, nicht seinem verräterischen Sohn.« – Graf Wandalar sprang in den Sattel. »Auf! folgt mir, ihr Getreuen! Wir verlassen den Abgefallenen. Auf! Garding und Gardila ziehen heran, – ihnen entgegen: sie sollen uns führen.« Und wie der Sturmwind jagten alle zwei Hundertschaften davon nach Osten.

Allein, verlassen von allen stand Hermenigild bei der Leiche: denn seine andern Scharen, das Fußvolk, erreichten jetzt erst oben die Höhenkrone. Zerschmettert faßte er sein Pferd am Zügel und schritt langsam gesenkten Hauptes den Hügel – gen Norden – hinan. Hier befahl er, Lager zu schlagen und unten auf dem Schlachtfeld die Toten zu bestatten.

Er hob Ingundis von ihrem Zelter herab, sank an ihre Brust und stöhnte:

»Ich bin der Unseligste der Menschen.«

XVI.

Als es dunkel geworden war über Berg und Tal, erschien in dem Lager ein Bote aus Boecula und lud Hermenigild und Ingundis in die Stadt zu einer Zwiesprach mit einem Führer der Kaiserlichen: der schlage vor, gemeinsam einen Weg zu suchen, weiteres Blutvergießen zu vermeiden. Die Byzantiner seien – unter gewissen Bedingungen – bereit, das Land zu räumen, Blutvergießen vermeiden! Heute noch mehr als je entsprach das dem Herzenswunsch Hermenigilds: auch Ingundis billigte lebhaft seinen Entschluß. So bestiegen sie die Pferde und folgten, von wenigen Kriegern begleitet, dem Boten in das nahe Städtlein. Unheimlich, schaurig mutete die Gatten bei dem roten Schein der Fackeln der Totengräber der Anblick des Schlachtfeldes an. Plötzlich gab Hermenigild dem Pferd die Sporen.

»Was eilst du hier so?« fragte die Frau, ihm nachreitend. – »Hast du nicht gesehn? Er war's! *Seine* Leiche! Noch der Tote schien mir zu fluchen aus dem weit aufgerissenen Munde! Komm, komm! Rascher!«

In die kleine Stadt eingelassen wurden die Gatten in deren stattlichstes Haus – das des ›defensors‹ – geleitet, in welchem die Feldherren Wohnung genommen hatten und, wahrend ihre Begleiter in dem Atrium harrten, in den Speisesaal geführt. Hier trafen sie einen ihnen unbekannten vornehmen Byzantiner, der sie mit stummem Gruße feindselig empfing. Hermenigild hob an:»Gern bin ich bereit, mit dir über Waffenstillstand und Frieden zu verhandeln ...«

»Ich, Protospatharius Megas, des Basilius Bruder, verhandle nicht mit Eidbrüchigen. Da kommt er, der mit dir verhandeln will.« Er schritt zur Türe hinaus, auf einen dunkeln Vorhang deutend, der den gegenüberliegenden Eingang verhüllte: – aus diesem trat nun in das Gemach eine hochragende Priestergestalt.

»Leander!« riefen beide Gatten. Und Hermenigild wollte seine Hand ergreifen. Aber der trat zurück, erhob das Haupt und fragte schroff:»Sprich, hast du, wie den Imperator, auch Christus den Herrn verleugnet? Bist du wie ein Verräter deines Verbündeten auch ein Verräter Gottes, ein Ketzer, geworden?« – »Ich bin und bleibe unsrer heil'gen Kirche treu. Wie konntest du wähnen ..?« – Leander zuckte die Achseln.»Ein Eidbrüchiger!« –»Was redest du da?« forschte Ingundis. –»Die Wahrheit. Sprich, König Johannes! Hast du nicht an deinem Krönungstag in der Basilika der heiligen Leokadia – auf deren Überreste im Glassarg! – geeidet, – nicht eher bis du geschworen, gab ich dir die Krone! – du werdest von Stund ab zeitlebens ein treuer Verbündeter, ein Mitkämpfer sein des großen Imperators Mauricius zu Byzanz, ein Schützer des rechten Glaubens überall gegen alle Ketzer? Hast du das *nicht* geschworen?« – Ingundis erbleichte:»Mein Gemahl! Sag nein!« Aber der senkte verstummend das Haupt: seine Kniee wankten: er sank auf den nächsten Sitz und bedeckte das Antlitz mit beiden Händen.»Er *kann* nicht nein sagen,« fuhr Leander schonungslos fort,»er kann nicht lügen mir ins Angesicht wie er Gott dem Herrn gelogen hat, dem Abwesenden, wie er wähnte: aber der ist allgegenwärtig und läßt sich nicht spotten. Gott war zugegen, als du den Eid leistetst, ›fortab zeitlebens ein treuer Verbündeter des Imperators‹ – so lautete die Formel – und Gott war zugegen heute, als du mit deinen Panzerreitern des Imperators Krieger überfielst.«

Der Gequälte rang die Hände:»Du vergissest... – inzwischen ward ich gefangen! – Was kann ich dafür...?« –»Nichts. Aber niemand hat dich gezwungen, diese Feldherrnschaft zu übernehmen.« –»Der Dank! Dank gegen meinen Vater,« –»Ah, wem gilt deine höchste Pflicht, deinem Vater, dem Ketzer, oder Christus dem Herrn? Wahrlich, wahrlich, Wer nicht Vater und Mutter verläßt und mir nachfolgt, spricht der Herr, wird nicht in das Reich Gottes kommen. Eidbrüchiger! Das Blut des gemordeten Basilius schreit um Rache gegen dich gen Himmel.« –»Das hat er nicht gewollt, bei Gott!« rief die Frau.»War er doch sein Freund.« –»Gewiß! Und doch trägt er die Schuld an diesem Blut. Die Sünde erzeugt auch nicht gewollte Sünde. Erkenne die Strafe Gottes: – sie züchtigt den Sünder an seinem Liebsten. Bald wird auch deines Weibes Haupt ...« –»Ah,« schrie Hermenigild,»halt ein! Nicht sie! Nur nicht sie! Wende das ab, heiliger Bischof, durch dein Gebet,« –»Wie kann ich, wenn du in der Sünde verharrst! Du bist durch deinen Eidbruch abgefallen von der Kirche – – du bist innerlich schon ausgeschlossen von der Gemeinschaft der Christen, noch bevor ich die Exkommunikation ausgesprochen, die ich jetzt aussprechen muß über dich.

Und über Ingundis, laßt sie nicht von dir.« – »Niemals!« rief diese und ergriff des Gatten Hand. »Im Unglück Hab ich ihn lieben gelernt.« – »O nicht, nicht, Oheim Leander! Nicht das Anathem über mich. Bei der Seele meiner Mutter beschwöre ich dich ...« – »Nenne sie nicht, die fromme Christin, sie verwirft dich mit allen Seligen im Himmel. So spreche ich denn ...« feierlich erhob er beide Hände, – »Nein, ich flehe!« rief Ingundis und siel ihm in den Arm, »Was soll er tun, den Fluch von sich zu wenden?«

Ein Strahl der Befriedigung schoß über Leanders finstere Züge. »Vor allem – bereuen,« – »Was bereuen?« fragte Hermenigild. – »Deinen Eidbruch.«

»Ja, ja! Ich bereue ihn von ganzem Herzen: – Gott weiß es, wie ich des Freundes Tod beklage.« – »Und die Sünde lassen, nicht mehr kämpfen gegen den Imperator!« – »Gern! Hier nimm mein Schwert. Ich bin dein Gefangener.«

Aber Leander schüttelte das Haupt und sprach: »Mitnichten. Das ist keine Umkehr, keine Buße, keine Besserung.« – »Ja was – was soll ich noch ...?« – »Deinen Eid *erfüllen*, halten, gut machen, so weit du kannst.« – »Was meinst du?« fragte Ingundis, ahnungsvoll. – »Du fragst? Er hat geeidet, als des Imperators Waffengenoß dessen Feinde, die Ketzer, zu bekämpfen allerorten. Wohlan: – vor dieser Stadt im Norden – auf jenem Hügel – lagert ein Ketzerheer: *dort* steht dein Feind! Nicht abgeben sollst du dein Schwert, – nein, ziehen sollst du's und als des Kaisers Feldherr, an Basilius' Stelle, es schwingen gegen des Kaisers Feind. Du führst unsern Ausfall an.« – »Wie kann ich!« rief er. – »Nimmermehr!« schrie Ingundis.

Ein scharfer Blick, ein drohender traf sie. » *Das* sollst *du* büßen, Weib,« dachte der Priester. Aber laut sprach er: »Er weigert die Reue, die Besserung, Wohl. Ihr habt gewählt. – Beide. – So tu' ich denn mein Amt und ich spreche kraft meines bischöflichen Amts den Fluch der ...« – »Entbinde ihn von jenem Eid,« bat Ingundis. – »Warum? War er etwa erzwungen? Freiwillig, öffentlich, vor allem Volk, vor dem Hochaltar – hell brannten die Kerzen! – laut sprach König Johannes den Schwur.« – »So laß mich sterben!« rief Hermenigild und fuhr ans Schwert. – Aber mit ehernem Griff hielt ihm Leander den Arm. »Halt, Sünder! Häufe nicht Selbstmord zu Eidbruch. Gehorche oder – beim Zorne Gottes! – ich spreche die Verfluchung.« – »Nein, nein, alles, nur das nicht,« – »So rüste dich zum Kampfe. In einer halben Stunde führt Megas den Ausfall aus dem Nordtor. Du reitest an seiner Seite und, statt dir zu fluchen, segn' ich dich und dein Schwert.« – »Tu's nicht,« schrie Ingundis. Tu's nicht! Deine Ehre! Das ist ärgste Untreue. Denke des Vaters!« – »Schweig, Weib,« herrschte der Bischof sie an. »Willst du seine Seele und die deine verderben? Schweig!« – »Ach! Ich sehe keinen Ausweg; aus Schande und Sünde! Rings Abfall, Schuld und Verrat!« jammerte sie und brach bewußtlos zusammen.

Hermenigild kniete neben sie und küßte sie auf die Stirn. Dann sprang er auf, »Wohlan, segne sie und mich. Ich bin bereit. Zur Schlacht! Dort, unter den Speeren der Goten, find' ich den Frieden.«

XVII.

Aber es kam anders. Der Ausfall der Byzantiner hatte anfangs Erfolg. In tiefster Stille führte Megas bei vollster Dunkelheit – nicht Mond nicht Sterne zeigte der Himmel – seine Scharen gegen den Hügel im Norden zu über das Schlachtfeld des Mittags hin. Hermenigild, das Schwert in der Scheide, ritt an seiner Rechten. Unvermerkt kamen die Angreifer bis an die Sohle des Hügels, unvermerkt bis auf dessen Krone: erst hier gerieten die Vordersten in den Bereich der Wachtfeuer vor den ersten Zelten: nun riefen die Wachen sie an. Lautes Schlachtgeschrei der Angreifer war die Antwort und sofort ergossen sich diese in die vordersten Zeltreihen der Goten. Überrascht, führerlos, zu gutem Teil ohne die abgelegten Schutzwaffen, aus dem Schlummer geschreckt, vermochten diese dem Überfall nicht standzuhalten: sie wichen.

»Nach! Nach!« befahl Megas. »Unser ist der Sieg! Vorwärts, König Johannes! Oder willst du vielleicht *nochmal* umsatteln? Das wäre dein Tod!« Und er bedräute ihn mit dem Schwerte, faßte das Pferd am Zügel und riß es, mit sich vorwärts. Willenlos ließ Hermenigild alles geschehen: er zog auch jetzt nicht das Schwert: er trug weder Helm noch Schild noch Brünne: stumpf sah er vor sich hin, den Tod erwartend, ersehnend: aber Pfeile und Wurfspeere schienen ihn zu meiden.

»Vorwärts!« wiederholte Megas. »Was stockt ihr?« – »Schau dort hin!« riefen seine Doryphoren. »Rechts! Nach Osten schau! Von dort her neue Feinde!« Und also war's.

In dichten Haufen drangen von Osten gotische Waffen heran. Voran flogen rasche Reiter, dann dröhnten die Schritte starker Scharen von Fußvolk. Auch Hermenigild sah sich nun zögernd um. »Wandalar und die Getreuen!« rief er. »Und dahinter? – Das sind Garding und Gardila: Megas, Ihr seid verloren.« – »Aber du mit,« schrie dieser. »Verräter, du hast uns in diese Falle gelockt.« Und er hob das Schwert gegen ihn. Doch bevor er den Stoß vollführen konnte, stürzte er, von Wandalar durchspeert, aus dem Sattel.

»Ah, was ist das?« rief der Sieger. »Hermenigild an seiner Seite, neben dem Feldherrn des Kaisers! Ergib dich, Verräter! Ergreift ihn,

Getreue, bindet ihn, fest bindet ihn! Bringt ihn Gardila! Ich muß weiter vor.«

Die Goten der Lagerbesatzung hatten den eingetroffenen Entsatz nun erkannt: sie hielten wieder stand, ja, sie drangen vor. Die Byzantiner, von vorn und von der rechten Flanke her grimmig – von Übermacht – angepackt, flohen, soweit sie dieser Zange entweichen konnten – die meisten fielen oder wurden gefangen – den Hügel abwärts auf das Städtlein zu. Hermenigild sprach kein Wort. Stumm ließ er alles über sich ergehen: Schmähworte, das Fesseln seiner Hände, das Zerfetzen seines Mantels, auch einen Faustschlag ins Gesicht. Nur als er vor Garding und Gardila stand und diese ihm zuriefen:»Doppelter Verräter, elender Bube!« da stürzte er besinnungslos auf sein Antlitz.

*

Bei Sonnenaufgang zogen die Sieger gegen die Tore von Boecula: sie fanden sie geöffnet, die Stadt von Byzantinern leer: die Bewohner kamen ihnen, um Gnade bittend, entgegen. Sie ward ihnen gewährt: denn man glaubte ihrer Beteuerung, daß sie die Kaiserlichen nur gezwungen aufgenommen hätten; und Leovigild und Rekared hatten äußerste Schonung der Römer eingeschärft. Hermenigild, in dem Haus eingesperrt und scharf bewacht, das er gestern mit Ingundis betreten, erfuhr auf seine Fragen, der Metropolitan habe die sich heftig Sträubende – sie hatte den Gatten hier erwartet, sein Geschick teilen wollen – mit Gewalt in seinem Gefolge mitführen lassen, als er bei dem Eintreffen der ersten Flüchtlinge aus der Stadt eilte, gen Süden, dem Meere zu, nach Cariclum, wo die Flotte der Byzantiner ankerte.

Unverfolgt erreichte Leander mit seiner Gefangenen die rettenden Schiffe. Bald drang hierher die Nachricht von Hermenigilds Gefangenhaltung. Nun begehrte Ingundis, zu ihm zurückgesandt zu werden.»Oder gib mich nur frei,« bat sie,»und laß mich in das Frankenreich zu meiner Mutter zurückgehn. Ach hätt' ich es nie verlassen! Nie auf dein Betreiben den Unseligen ... –« – »Ah,« sprach er höhnisch,»jetzt bereust du gar noch die einzige gute Tat deines Lebens, ihn für die heilige Kirche gewonnen zu haben. Nein, Wankelmütige, du folgst mir nach Byzanz als Geisel für die Treue der Merowingen. Viel Gold haben sie vom Imperator empfangen, um Goten und Langobarden zu bekämpfen. Wenig haben sie dafür geleistet. Du siehst die Mutter und das Frankenreich nicht wieder, bis ...« – »Also nicht als Befreite, als Gefangene führst du mich mit dir?« – »Nimm's wie du willst. Der Imperator soll erfahren, wer durchaus jenen Schwächling abhalten wollte, seinen Eidbruch gutzumachen.« – »Als Gefangene nach Byzanz! Hab' ich das um dich verdient, Verräter?« – »Dies Wort sollte *seine* Gattin meiden,« grollte er. »Wen und was hat *er nicht* verraten? Seinen Glauben, seinen Vater, den Imperator und nochmal seinen Vater!«

Aber nicht als Gefangene sollte Ingundis nach Byzanz kommen, als Leiche. Zerrissen von widerstreitenden Gefühlen erkrankte sie auf der Fahrt und starb nach der Landung auf Sizilien.

XVIII.

Zum erstenmal seit sie sich von der Krankheit und dem Lager erhoben, wandelten in dem großen Marmorsaal des Palastes zu Toledo Leovigild und Rekared, sich gegenseitig stützend: – doch meist der Sohn den völlig erschöpften Greis. – Da trat vor sie, vom Staube des Eilritts über und über bedeckt, Graf Wandalar. Er berichtete alles, der Wahrheit getreu, auch seine eigne rasche Tat gegen Basileus: – Alles, bis auf den Augenblick, da er den Königsohn an der Seite des Byzantiners gefangen nahm. »Nun, Herr König, richte. Was soll mir geschehen? Was deinem *Sohn*?«

Der Alte sank langsam nach rückwärts an Rekareds Brust. Aber sofort, mit einem letzten Aufwand von Kraft, raffte er sich auf, löste eine goldne Kette von der Brust und hing sie dem Grasen um den Hals. »Dem Treuesten der Getreuen! Die Tat war recht. Er aber, der mich und das Reich zweimal verraten hat: – er muß sterben. Pfeilschnell jage zurück: Garding soll ihm vor allem Volk das falsche Haupt abschlagen lassen,« – »Vater! Mein Bruder! Ich flehe dich an!« »Herr König! Dein Sohn!« – »Wollen auch die Treuesten nicht mehr Treue halten? Gehorche!« Es war sein letztes Königsgebot.

Während Wandalar aus dem Saal eilte, sank er bewußtlos um: er blieb es tagelang. Als er sich und die Sprache wiedergefunden, war sein erstes Wort: »Das Urteil ... ist es vollstreckt? Wo ist Wandalar?« – »Zurück. Es ist vollstreckt,« antwortete Rekared ernst. – »Das Reich, das Heil der Goten hat's erheischt. Mein Sohn, mein Rekared – stets – alles, alles für Volk und Reich.« Und er drückte ihm die Hand und starb.

*

Von dem Sarge hinweg, der in der Krypta der Basilika der Arianer zu Toledo beigesetzt ward, schritt König Rekared in das Schreibgemach, wohin er Isidor beschieden hatte.

»Metropolitan von Sevilla ...« sprach er diesen an. – »Herr König, mein Bruder lebt.« – »Ich setz' ihn ab. Ich allein. Ohne Papst und ohne Konzil, den Hochverräter, kraft des Rechts des Königtums und seiner Pflicht, den Staat zu retten.« – »Das ist wider die Canones. Ich kann nicht ...« – »Dann folgt ihm ein andrer! Setze sofort ein

Schreiben auf an alle Bischöfe und Äbte deiner Kirche, an alle Herzoge, Grafen und Großen des Reichs, Römer wie Goten. Lade sie zu einem Konzil und Reichstag nach Toledo auf den ersten des nächsten Monats. Schreibe wörtlich: dort wird der König mit seinen Getreuen beraten, ob er aus himmlischen *und aus irdischen Gründen*, vergiß dies ja nicht! – ich mag nicht heucheln! – das katholische Bekenntnis annehmen soll.« –»Herr König! Das ist ...« –»Verwunderlich, nicht wahr? Fast am Sarg des großen Ketzerkönigs! Aber sein letztes Wort war: alles für Volk und Reich.« –»Und – und deine Gründe? Hat die Frau Königin ...?« – Rekared lächelte schmerzlich:»Auch du! Dacht' ich's doch. So werden viele wähnen. Wäre Baddo doch heidnisch! Wär' mir lieber! Nein, eines Weibes Andringen bezwänge mich nicht. Und nie hat sie solch Wort gewagt.« –»Also du bist überzeugt ...?«

Sehr ernst erwiderte der junge König:»Ja. Ich *darf* ja sagen: denn ich fühle, daß Eure Lehre mehr folgerichtig ist, glaubt man – wie ich – an den Erlöser. Ein Halbgott ist – eine Halbheit. Aber das allein würde mich nicht bestimmen. › Irdische ‹ Gründe füge bei, hörst du? Sueven, Franken, Byzantiner aus Feinden zu Glaubensgenossen machen, und zumal im Reiche selbst Goten und Römer versöhnen, das ist wohl ein Gewinn, um den der König ein Jota hingeben mag als Preis: ›Homoiusios‹ oder ›Homoousios‹ – was kommt drauf an für einen *König*, der einer ist? Und ich – ich will und werde einer sein!«

Stammbäume.

I.

Severianus

Athanagild—Godiswintha — Leovigild — Theodosia   Leander   Fulgentius   Isidor

Galswintha—Chilperich Brunichild—Sigibert Hermenigild—Ingundis Rekared—Baddo

Ingundis

II.

Chlothachar I.

Sigibert—Brunichildis   Galswintha—Chilperich—Fredigundis

Ingundis.

Stammbäume

67

Über tredition

Eigenes Buch veröffentlichen

tredition wurde 2006 in Hamburg gegründet und hat seither mehrere tausend Buchtitel veröffentlicht. Autoren veröffentlichen in wenigen leichten Schritten gedruckte Bücher, e-Books und audio-Books. tredition hat das Ziel, die beste und fairste Veröffentlichungsmöglichkeit für Autoren zu bieten.

tredition wurde mit der Erkenntnis gegründet, dass nur etwa jedes 200. bei Verlagen eingereichte Manuskript veröffentlicht wird. Dabei hat jedes Buch seinen Markt, also seine Leser. tredition sorgt dafür, dass für jedes Buch die Leserschaft auch erreicht wird.

Im einzigartigen Literatur-Netzwerk von tredition bieten zahlreiche Literatur-Partner (das sind Lektoren, Übersetzer, Hörbuchsprecher und Illustratoren) ihre Dienstleistung an, um Manuskripte zu verbessern oder die Vielfalt zu erhöhen. Autoren vereinbaren direkt mit den Literatur-Partnern die Konditionen ihrer Zusammenarbeit und partizipieren gemeinsam am Erfolg des Buches.

Das gesamte Verlagsprogramm von tredition ist bei allen stationären Buchhandlungen und Online-Buchhändlern wie z. B. Amazon erhältlich. e-Books stehen bei den führenden Online-Portalen (z. B. iBookstore von Apple oder Kindle von Amazon) zum Verkauf.

Einfach leicht ein Buch veröffentlichen: **www.tredition.de**

Eigene Buchreihe oder eigenen Verlag gründen

Seit 2009 bietet tredition sein Verlagskonzept auch als sogenanntes "White-Label" an. Das bedeutet, dass andere Unternehmen, Institutionen und Personen risikofrei und unkompliziert selbst zum Herausgeber von Büchern und Buchreihen unter eigener Marke werden können. tredition übernimmt dabei das komplette Herstellungs- und Distributionsrisiko.

Zahlreiche Zeitschriften-, Zeitungs- und Buchverlage, Universitäten, Forschungseinrichtungen u.v.m. nutzen diese Dienstleistung von tredition, um unter eigener Marke ohne Risiko Bücher zu verlegen.

Alle Informationen im Internet: **www.tredition.de/fuer-verlage**

tredition wurde mit mehreren Innovationspreisen ausgezeichnet, u. a. mit dem Webfuture Award und dem Innovationspreis der Buch Digitale.

tredition ist Mitglied im Börsenverein des Deutschen Buchhandels.

Dieses Werk elektronisch lesen

Dieses Werk ist Teil der Gutenberg-DE Edition DVD. Diese enthält das komplette Archiv des Projekt Gutenberg-DE. Die DVD ist im Internet erhältlich auf **http://gutenbergshop.abc.de**

FSC
www.fsc.org
MIX
Papier | Fördert
gute Waldnutzung
FSC® C083411

Zeitfracht Medien GmbH
Ferdinand-Jühlke-Straße 7
99095 Erfurt, Deutschland
produktsicherheit@kolibri360.de